**The Snows of
Kilimanjaro**

킬리만자로의 눈

초판 1쇄 발행 | 2022년 11월 30일

지은이 어니스트 헤밍웨이
옮긴이 이정서
발행인 한명선

편집 김수경
마케팅 김예진 **관리** 박미실 **디자인** 모리스

주소 서울시 종로구 평창길 329(우편번호 03003)
문의전화 02-394-1037(편집) 02-394-1047(마케팅)
팩스 02-394-1029
전자우편 saeum98@hanmail.net
블로그 blog.naver.com/saeumpub
페이스북 facebook.com/saeumbooks
인스타그램 instagram.com/saeumbooks

발행처 (주)새움출판사
출판등록 1998년 8월 28일(제10-1633호)

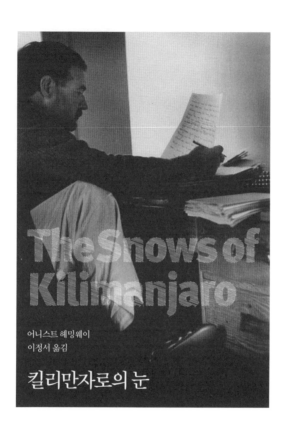

The Snows of
Kilimanjaro

어니스트 헤밍웨이
이정서 옮김

킬리만자로의 눈

Ü

헤밍웨이에 대한 '의심'에서 '확신'에 이르기까지

"번역은 직역하지 않으면 안 된다. 여기서 직역의 의미는 '작가가 쓴 문장의 서술구조를 살려주는 번역'을 의미한다. 동사는 동사대로, 수식어는 수식어대로, 쉼표는 쉼표대로, 원래 작가가 쓴 문장 성분을 무시하고 의역하면 원래의 의미가 변질될 것은 당연하다."

이런 주장을 처음 펼치며 번역의 세계에 뛰어든 지 어느새 8년의 시간이 흘렀습니다. 그 사이 나름 저 원칙을 지키며 여러 책을 번역해 보았습니다. 과정 중에 수없이 내가 잘못 생각한 것인가, 회의하기도 하였습니다. 당연히 초기의 번역은 서툰 점도 많았습니다. 그러나 과연, 그것은 불가능한 일이 아니었습니다. 지금은 오히려 완전히 확신을 갖게 되었습니다.

그런데 이 확신은 무엇보다 '헤밍웨이'를 만나고부터였습니다. 장편은 아무리 비교해 읽어도 독자들은 그게 그거 같다는 반응을 보였습니다. 의역으로 본래의 의미가 변했다고 지적하는 그 부분조차도 말입니다. 그런데 헤밍웨이의 짧은 단편들은 달랐습니다. 그의 단편들은 원래 작가가 쓴 문장 그대로 번역하는 것과 번역자 임의로 의역한 문장이 결국에 얼마나 내용을 달라지게 할 수 있는지를 극명하게 보여줍니다. 그에 대한 이해를 돕기 위해 책 말미에 "〈빗속의 고양이Cat in the Rain〉 비교 번역"을 '작품 해설'을 대신해 실었습니다.

우리에게 헤밍웨이는 〈노인과 바다〉로 널리 알려져 있습니다. 물론 그의 대표작이기도 합니다. 그러나 퓰리처상과 노벨문학상을 수상한 작가로서의 그의 다른 글들, 즉 단편에 대해 이야기하는 사람은 없었습니다.

저 역시 시중에 나와 있는 그의 단편집들을 보면서, 이게 정말 헤밍웨이의 작품들이 맞는지 의아해 했을 정도였습니다. 한마디로 '실망스럽고', 의심스러웠습니다. 작가 자신을 주인공 삼았다는 대표 단편 〈킬리만자로의 눈〉을 처음 읽었을 때의 충격은 컸습니다. 도대체 작가가 무슨 소리를 하고자 하는 건지, 도저히 이해할 수 없었던 것입니다.

Ernest Hemingway

헤밍웨이 단편을 번역해 보아야겠다고 생각한 것은 그즈음이었습니다.

그러고 나서 SCRIBNER 출판사가 펴낸 '핑카 비히아 판The Finca Vigia Edition', 〈헤밍웨이의 총 단편The Complate Short Stories of Ernest Hemingway〉을 구해 원문을 보기 시작했습니다. 그리고 얼마 지나지 않아, 그 '의심'은 역시 번역에 있었음을 확실하게 알게 되었습니다.

〈The Complate Short Stories of Ernest Hemingway〉에는 그가 생전에 발표한 단편들이 총 망라되어 있습니다. 70여 편에 이르는 단편 중, '빙산 이론'을 가장 집약적으로 보여주는 작품을 고심해서 선별했습니다.

거기에 이전에 〈헤밍웨이〉라는 책에 실었던 단편들을 손보고 몇 편을 더했습니다. 기존의 헤밍웨이 번역에서는 느낄 수 없었던, 새로운 '헤밍웨이'를 느낄 수 있을 것입니다.

긴 시간, 번역이 가능하게 해준 출판사와 쉼표 하나까지 놓치지 않고, 꼼꼼히 살펴주신 김수경 편집장에게 진심으로 고마움을 전합니다.

2022. 10. 26. 이정서

차
례

킬리만자로의 눈

The Snows of Kilimanjaro

킬리만자로는 19,710피트 높이의 눈 덮인 산으로, 아프리카의 가장 높은 산으로 알려져 있다. 그것의 서쪽 봉우리는 마사이어로 신의 집을 뜻하는 '은가예 은가이'라 불린다. 서쪽 정상 부근에는 말라 얼어붙은 표범의 시체 한 구가 있다. 표범이 그 고도에서 무엇을 찾고 있었던 것인지는 아무도 설명하지 못했다.

"신기한 건 통증이 사라졌다는 거야." 그가 말했다. "그래서 언제 그게 시작되는지도 알겠고."

"그게 정말이에요?"

"그렇고말고. 그래도 이 지독한 냄새는 정말 유감스럽군. 당신이 괴롭겠지."

"제발! 그런 말 마세요."

"저놈들 좀 봐." 사내가 말했다. "지금 저놈들이 몰려온 건 내 꼴을 봐서일까 냄새를 맡아서일까?"

사내가 누워 있는 야전침대는 자귀나무의 넓은 그늘 안에 있었고, 그가 그늘 저편 눈부신 평원을 보자 거기엔 커다란 새 세 마리가 꺼림칙하게 웅크리고 앉아 있었는데, 그에 더해 하늘에는 십여 마리가 더 떠다니며, 빠르게 움직이는 그림자를 만들어내고 있었다.

"저놈들은 트럭이 고장 난 그날 이후로 줄곧 저기 있었어." 그가 말했다. "어쨌건 땅 위로 내려앉은 건 오늘이 처음이군. 언젠가 소설 속에 쓰고 싶어질 경우를 위해서 처음에는 놈들이 날아다니는 방법을 아주 주의 깊게 지켜봤는데. 이젠 우습게 됐군."

"그렇게 생각하지 않았으면 좋겠어요." 그녀가 말했다.

"그냥 해본 말이야." 그가 말했다. "말하는 게 가장 편하거든. 하지만 당신을 괴롭히고 싶진 않아."

"알다시피 내가 괴로워서가 아니에요." 그녀가 말했다. "아무 것도 못할 만큼 너무 긴장돼서 그래요. 비행기가 올 때까지 최대한 편히 있을 수 있을 거예요."

"아니면 비행기가 오지 않을 때까지겠지."

"제발 내가 할 수 있는 걸 말해줘요. 틀림없이 내가 할 수 있는 일이 있을 거예요."

"당신은 이 다리를 잘라 줄 수 있어. 그러면 끝날지도 모르지. 의심스럽기도 하지만. 또는 나를 쏠 수도 있어. 이제 잘 쏘잖아. 내가 총 쏘는 법을 가르쳐줬지, 그렇지 않아?"

"제발 그런 식으로 말하지 마요. 뭐라도 읽어 줄까요?"

"무얼 읽지?"

"우리가 읽지 않은 책 중에 어떤 거라도요."

"못 듣겠어." 그가 말했다. "말하고 있는 게 가장 편해. 말다툼이라도 하고 있으면 시간이 지날 테지."

"나는 말다툼 안 해요. 다신 하고 싶지 않아요. 더 이상 하지 마요. 아무리 불안해지더라도 말이에요. 아마 그들은 오늘 다른 트럭을 타고 돌아올 거예요. 어쩌면 비행기가 오는지도 모르죠."

"나는 움직이고 싶지 않아." 사내가 말했다. "이제 당신을 편안하게 해주기 위해서가 아니라면 움직이는 건 의미가 없어."

"그건 비겁해요."

"한 사내의 이름이 욕되지 않게 그냥 좀 편히 죽게 내버려 둘 수 없을까? 내게 종종대봐야 무슨 소용이 있겠어?"

"당신은 죽지 않을 거예요."

"바보 같은 소리 마. 나는 지금 죽어가고 있어. 저 녀석들에게 물어봐." 그는 크고 고약한 새들이 그들의 벗겨진 목을 구부러진 깃털 속에 파묻고 앉아 있는 곳을 건너다보았다. 네 번째 새가 날아 내려앉아서는, 빠른 걸음으로 내달리다가 뒤뚱뒤뚱 천천히 다른 새들을 향해 갔다.

"저것들은 모든 캠프 주변에 있어요. 당신이 전혀 의식하지 못했던 거지. 포기하지 않으면 죽을 수도 없어요."

"그건 어디에서 읽은 거지? 진짜 한심한 멍청이로군."

"다른 사람들을 생각할 수도 있어요."

"제기랄." 그가 말했다. "그건 내 전공이었다구."

그는 그러고는 누워서 잠시 침묵하며 관목 끝 평원의 일렁이는 열기를 건너다보았다. 누런 벌판을 배경으로 극히 작고 하얗게 보이는 톰슨 가젤 몇 마리가 있었고, 저 멀리, 관목의 녹색에 반하여 하얗게 보이는 얼룩말 한 떼가 보였다. 이곳은 언덕을 면한 커다란 나무들 밑의 쾌적한 캠프로, 깨끗한 물이 있고, 가까이에 아침이면 사막 뇌조들이 날아다니는 거의 말라버린 우물이 있었다.

"책 읽어주면 좋지 않겠어요? 산들바람이 불어요."

그녀가 다시 물었다. 그녀는 그의 간이침대 옆 캔버스 의자에 앉아 있었다.

"아니 괜찮아."

"아마 트럭이 올 거예요."

"망할 트럭 따윈 상관없어."

"난 있어요."

"당신은 신경 쓰는 게 너무 많아, 내가 상관없다는데."

"너무 많은 건 아니죠, 해리."

"술이나 한 잔 할까?"

"당신에게 해로울 거예요. 블랙의 책Black's(블랙출판사의 가정의학서)에서도 모든 알코올은 피하라고 했어요. 마시면 안 돼요."

"몰로!" 그가 소리쳤다.

"예, 브와나Bwana('주인님'이라는 뜻)."

"위스키소다를 가져오게."

"예, 브와나."

"당신은 마시면 안 돼요." 그녀가 말했다. "내 말은 그게 바로 포기하는 거라는 뜻이에요. 책에서 해롭다고 하잖아요. 그게 당신에게 해롭다는 건 나도 알고요."

"아니," 그가 말했다. "내게 도움이 돼."

이렇게 이제 모든 게 끝났다, 하고 그는 생각했다. 이렇게 이제 그것을 끝낼 기회를 가질 수 없을 것이다. 그리하여 술

한 잔을 두고 말싸움을 벌이다 끝내는, 이것도 한 방법이었다. 오른쪽 다리에 괴저가 시작된 이후로 이제 통증은 없었고 통증과 함께 공포심도 사라졌으며, 이제 느끼는 것은 극심한 피로감과 이것이 끝이라는 데 대한 분노가 전부였다. 지금 다가오고 있는 죽음에 대해, 그는 호기심을 거의 느끼지 않았다. 몇 년 동안 죽음은 자신을 사로잡았다. 하지만 이제 그건 그 자체로 아무 의미가 없었다. 극도로 피곤한 상태가 그것을 얼마나 쉽게 받아들이게 만드는지 이상한 일이었다.

　이제 자신은 잘 쓰기 위해 충분히 알게 될 때까지 모아두었던 그것들을 결코 쓰지 못할 것이다. 물론, 그것들을 쓰기 위한 노력이 실패하는 일 역시 없을 것이다. 아마 쓸 수 없었을 테고, 그것이 그것들을 버려두고 시작하기를 늦추었던 이유였을 것이다. 물론, 이제 와서는 결코 모를 일이지만.

　"정말이지 우리 오지 말 걸 그랬어요." 여자가 말했다. 그녀는 유리잔을 쥐고 있는 그를 바라보며 입술을 깨물었다. "파리에서라면 결코 이 같은 일을 겪지 않았을 텐데. 당신은 언제나 파리를 사랑한다고 말했죠. 우리는 파리에 머물러야 했거나 어디든 다른 곳으로 갔어야 했어요. 나는 어디든 갔을 거예요. 당신이 원하는 어디든 갈 거라고 내가 말했었죠. 만약 당신이 사냥을 원했다면 우리는 헝가리에서 사냥을 하

킬리만자로의 눈

17

면서 편히 지낼 수도 있었을 거예요."

"당신의 끝내주는 돈으로 말이지." 그가 말했다.

"그런 말은 온당하지 않아요." 그녀가 말했다. "그건 내 것이기도 했지만 언제나 당신 거였어요. 나는 모든 것을 버렸고 당신이 가길 원했던 어떤 곳이든 갔을 테고 당신이 하고자 원했던 거라면 무엇이든 했을 거예요. 하지만 정말이지 우리는 여기 오지 말 걸 그랬어요."

"당신이 이걸 좋아한다고 했잖아."

"당신이 괜찮았을 땐 그랬죠. 하지만 이제 싫어요. 나는 당신 다리에 왜 이런 일이 일어났어야 했는지 모르겠어요. 우리에게 이런 일이 벌어지는 동안 도대체 우린 뭘 한 걸까요?"

"처음 내가 긁혔을 때 요오드 바르는 걸 잊어버렸던 탓이겠지. 한 번도 감염되어 본 적이 없었기에 그때 주의를 기울이지 않았던 거고. 이후에, 그러고 나서 상처가 깊어진 건, 아마 다른 소독제가 떨어졌을 때 약한 석탄산 용액을 사용했기 때문일 거야. 미세 혈관이 마비되면서 괴저가 시작된 게지." 그는 그녀를 보았다. "또 뭐가 있더라?"

"그런 말하자는 게 아니에요."

"만약 우리가 어설픈 키쿠유 운전사 대신에 훌륭한 정비공을 고용했었더라면, 그자는 기름을 점검했을 테고 결코 트럭의 베어링을 태워먹진 않았을 테지."

"그런 말하자는 게 아니라니까요."

"만약 당신이 당신네 사람들, 그 빌어먹을 올드웨스트버리 새러토가, 팜비치 사람들을 버려두고 나를 따라오지 않았다면……."

"아니, 전 당신을 사랑했어요. 그건 온당치 않아요. 지금도 당신을 사랑해요. 언제까지나 당신을 사랑할 거예요, 당신도 나를 사랑하지 않나요?"

"아니," 사내가 말했다. "그런 생각해본 적 없어. 결코 그런 적이 없어."

"해리, 무슨 소릴 하는 거예요? 당신 머리가 어떻게 됐군요."

"아니. 결코 머리가 어떻게 된 게 아니야."

"그만 마셔요." 그녀가 말했다. "내 사랑, 제발 그만 마셔요. 우리는 할 수 있는 모든 걸 해봐야만 해요."

"당신이나 그렇게 해." 그가 말했다. "나는 피곤해."

그는 이제 카라가치Karagatch 기차역을 떠올리고 있었는데, 가방을 메고 서 있었고 막 어둠을 가르며 들어오는 것은 심플론 오리엔트호의 헤드라이트 불빛으로 그는 후퇴 뒤에 트라케아*를 떠나는 중이었다. 그것은 그가 소설로 쓰고자 함께 모아두었던 것 가운데 하나였다. 그날 아침을 먹던 중에, 창문을 내다보며 불가리아에 있는 산 위의 눈을 보고 있었는데 난센 협회**의 총무가 한 노인에게 눈이 내린 것인지 묻자, 노인은 그것을 보더니, '아닐세, 저건 눈이 아니야, 눈이라고 하기엔 너무 이르거든' 하였고, 그 총무는 다른 아가씨들에게 보시다시피, 눈이 아니랍니다, 라고 되풀이하고 있었다. 눈이 내린 게 아니라며 그들 모두, '눈이 내린 게 아니래, 우리가 착각했던 거래.' 라고 말했지만 그것은 내린 눈이 맞았고, 그는 '주민 교환 계획'을 진전시키면서 그 속으로 그들을 보냈다. 그리고 다시 눈이 내렸고 그들은 그해 겨울 죽을 때까지 그 눈 속을 따라 헤매야 했다.

그해 가데르탈 지역 위로도 크리스마스 주간 내내 눈이 내렸는데, 그들은 벌목꾼의 집에서 그 방의 절반을 차지하는 큰 사각형 자기 난로와 함께 살았고, 너도밤나무 잎으로 채워진 매트리스 위에서 잤는데, 그때 탈주자가 발에 피를 흘리며 그 눈 속을 뚫고 왔었다. 경찰이 바로 그

* Thrace 발칸전쟁이 일어난 곳.
** 난민 구제 활동을 하던 국제기구.

뒤에 있다고 그가 말했고 그들은 그에게 털양말을 주고 그의 발자국들이 눈에 덮일 때까지 경찰관과 대화를 나누면서 붙잡아두었다.

슈룬스에서도 크리스마스 당일, 눈이 바인스투베(와인과 음식을 같이 먹는 술집)에서 내다볼 때 눈을 찌를 만큼 너무나 부셨는데 모든 이들이 교회에서 집으로 가고 있는 것이 보였다. 그곳에서 그들은 어깨 위로 무거운 스키를 메고, 비탈진 소나무 언덕과 썰매로 매끈해지고 오줌으로 노래진 길을 걸어 올라갔다. 그곳에서 눈이 설탕을 입힌 케이크처럼 매끄럽고 파우더처럼 가벼워 보였던, 마들레너하우스 위쪽 빙하를 달려 내려갔는데, 그는 사람들이 새처럼 떨어져내리며 만들어내던 그 소리 없는 질주를 기억했다.

그들은 마들레너하우스에서 한 주를 눈에 발이 묶여 있었다. 눈보라가 치던 그 시간 랜턴 불빛에 담배 연기 속에서 카드게임을 했고, 판돈은 언제나 해리 렌트가 잃을 때 가장 컸다. 마침내 그는 전부를 잃었다. 모든 것, 스키 강습료와 시즌 내내의 수익과 그때 지녔던 자본금 모두를. 그는 그의 긴 코와 함께 카드를 집어올려 까면서, "볼 것도 없지."라고 하고 있는 자신을 볼 수 있었다. 그때 거기엔 항상 도박이 있었다. 사람들은 눈이 오지 않아서 도박을 했고, 눈이 너무 많이 와서 도박을 했다. 그는 그의 삶 속에 도박으로 소비했던 모든 시간을 생각했다.

그렇지만 그는 그것에 관해서는 결코 한 줄도 쓰지 않았고, 산들이 평원을 가로질러 보이는 그 차갑고 맑았던 크리스마스 날, 바커가 오스트리안 장교들이 타고 떠나는 열차에 폭탄을 투하하고, 그들이 뿔뿔이 흩어져 내달릴 때 그들에게 기총소사를 하기 위해 경계선을 넘어 몸을 날리던 일에 대해서 역시 한 줄도 쓰지 않았다. 그는 바커가 나중에 혼란스러운 상황 속에서 그 일에 관해 말하기 시작하던 것을 기억했다. 그리고 얼마간 침묵이 흐르고 나서 누군가 말했다. "넌 빌어먹을 살인마 새끼야."

그 사람들은 후에 함께 스키를 탔던, 그때 죽임을 당한 같은 오스트리아인들이었다. 아니 똑같은 건 아니었다. 그해 내내 그가 함께 스키를 탔던 한스는, 카이저 예거* 출신이었는데 그들은 제재소 위 작은 계곡 위로 함께 토끼 사냥을 나가 파스비오와의 싸움에 대해, 파르티카라와 아살론 공격에 대해 대화를 나누었다. 그는 그것에 관해서도 결코

* 옛 오스트리아 산악지대의 사냥꾼 병사.

Ernest Hemingway

한 줄도 쓰지 않았다. 몬테 코로나에 대해서도, 세테 코무니에 대해서도, 아르시에로에 대해서도 역시 쓰지 않았다. 얼마나 많은 겨울을 그는 포어아를베르크와 아를베르크에서 지냈을까? 네 번의 겨울이 있었고 그때 그는 그들이 블루덴츠로 걸어 내려갔을 때 선물로 샀던, 여우를 팔고 있던 사내를 떠올렸다. 그리고 체리 맛이 나던 훌륭한 키르슈, 빠르게 미끄러지는 표면 위의 파우더 같은 눈과 "'하이!' 호! 롤리는 말했지!"를 노래하면서 사람들이 마지막 직선코스인 가파른 급경사를 달려 내려와서는, 세 번을 꺾으면서 과수원을 내달리고 도랑을 가로질러 여관 뒤 빙판길 위로 내려왔던 것을 기억했다. 바인딩을 느슨하게 풀고 스키를 자유롭게 벗어서 여관의 나무 벽에 기대어 놓고는, 창문으로부터 램프 빛이 비치는 안쪽에서, 담배 연기와 새로운 와인이 아늑한 향기를 뿜어내는 중에, 그들은 아코디언을 연주했었다.

"우리가 머문 곳이 파리 어디였지?" 그가 여자에게 물었다. 지금은, 아프리카에서 자신의 옆 캔버스 의자에 앉아 있는 그녀에게.

"크리용*이었죠. 아시잖아요."

"왜 내가 알고 있을 거라는 거지?"

"우리가 항상 머물던 곳이었으니까요."

"아니지, 항상은 아니지."

"그곳과 생제르맹 거리의 파비용 앙리 4세관에서였죠. 당신은 그곳을 사랑한다고 말했고요."

"사랑은 똥더미야," 해리가 말했다. "나는 그것에 올라타서 환호하는 수탉이고."

"당신이 떠나야만 한다고 해서," 그녀가 말했다. "뒤에 남는 모든 걸 죽일 필요가 있나요? 내 말은, 모든 걸 없애야만 하겠냐는 거예요? 당신의 말을 죽이고, 아내를 죽이고 당신의 안장과 갑옷을 태워야만 하겠냐는 거예요?"

"그래," 그는 말했다. "당신의 빌어먹을 돈은 내 갑옷이었지. 내 검과 갑옷."

"그만하세요."

"좋아. 그만하지. 당신을 아프게 하고 싶지는 않으니까."

"이미 좀 늦었네요."

"좋아 그럼. 계속해서 아프게 해주지. 그게 더 재미있군. 내가 당신과 함께하길 좋아했던 그 유일한 짓조차 나는 이제

* Crillon 유럽에서 가장 큰 호텔 중 하나.

할 수 없게 된 거야."

"아니에요. 그건 사실이 아니에요. 당신은 많은 일을 하고 싶어 했고 당신이 원했던 거라면 뭐든지 나도 하고 싶어 했어요."

"오, 제발 자랑질은 그만하는 게 좋지 않겠어, 당신?"

그는 그녀를 보았고 그녀가 울고 있다는 것을 알았다.

"들어봐." 그가 말했다. "내가 이러는 게 즐거울 거라고 생각해? 왜 이러고 있는지 나도 모르겠어. 어쩌면, 자신을 살리기 위해 죽이고 있는 거겠지. 우리가 대화를 시작했을 때까진 괜찮았어. 이렇게 시작하려던 것도 아니었고, 이제 나는 얼간이처럼 미쳐버린 거고 당신에게 내가 할 수 있는 만큼 잔인하게 굴고 있는 거야. 내가 하는 말에, 신경 쓰지 마, 나는 당신을 사랑해, 정말로. 내가 당신을 사랑한다는 걸 알 거야. 나는 결코 당신을 사랑하는 방식으로 어느 누구도 사랑해본 적이 없어."

그는 자신을 먹여살렸던 그 익숙한 거짓말로 빠져들었다.

"당신은 내게 다정했어요."

"암캐," 그가 말했다. "부유한 암캐. 이건 시詩야. 나는 이제 시로 채워져 있어. 썩음과 시. 썩은 시."

"그만해요. 해리, 왜 지금 당신은 악마가 되려 하죠?"

"나는 어떤 것도 남겨두고 싶지 않아." 사내는 말했다. "뒤에 남겨두고 싶지 않다고."

*

막 저녁이 되었고 그는 잠들었었다. 태양이 언덕 너머로 사라져 평원 전체가 어둠에 휩싸여 있었고 작은 짐승들은 캠프 가까이서 잽싸게 머리를 떨구고 꼬리를 흔들면서 먹이를 먹고 있었다. 그는 이제 수풀로부터 제법 벗어나 있는 그것들을 지켜보았다. 새들은 더 이상 땅 위에서 기다리지 않았다. 전부 나무에 무겁게 앉아 있었다. 많은 수가 늘어나 있었다. 그의 심부름꾼인 소년이 침대 옆에 앉아 있었다.

"안주인님은 사냥을 가셨습니다." 소년이 말했다. "주인님, 원하시는 게 있는지요?"

"아니."

그녀는 먹을 만한 짐승거리를 잡으러 간 것인데, 그가 그 사냥을 얼마나 지켜보고 싶어 하는지 알면서도, 평원의 이 작은 골짜기에서의 수면을 방해하지 않기 위해 제법 멀리 나갔던 것이다. 그녀는 항상 사려 깊었다고 그는 생각했다. 그녀가 알고 있거나, 읽은 적이 있거나, 들은 적이 있는 모든 것에 대해.

그가 그녀에게 다가갔을 때 작가로서 이미 끝나 있던 것이 그녀의 잘못은 아니었다. 여자가 어찌 알 수 있었을까 사람들이 단지 습관처럼 위로하기 위해 하는 말이, 아무 의미가 없다는 걸. 그가 하는 말이 더 이상 의미가 없게 된 후에 그의 거짓말은 진실을 말할 때보다 여자들로 하여금 더 좋은 결과를 가져왔다.

말할 수 있는 진실이 없는 것처럼 그가 하는 거짓말은 그렇게 대단한 건 아니었다. 그는 그의 삶을 살았고, 끝났으며, 그러고 나서 다른 사람들과 더 많은 돈과, 같은 장소라도 최상의 곳에서, 그리고 얼마쯤 새로운 사람들과 함께, 다시 삶을 지속했던 것이다.

생각하는 일을 그만두고 나자 모든 게 놀라웠다. 제법 괜찮은 내면을 갖추고 있었기에 대부분 그러했던 방식으로, 마음이 허물어지지 않을 수 있었고, 이전에 하곤 했던, 이제 더 이상 할 수도 없게 된 그 작업에 관심이 없다는 태도를 취할 수 있었다. 그렇지만 스스로, 이 사람들에 대해 써보아야겠다고 말했다. 매우 부유한 사람들에 관해, 실제로 그들이 아니라 그들 세계의 하나의 염탐꾼으로서. 그 세계를 떠나 그것에 관해 써보리라고, 또한 언젠가는 자신이 쓰고 있던 것을 알고 있던 누군가에 의해 쓰여지리라고. 하지만 그는 결코 그것을 쓰지 않았는데, 왜냐하면 쓰고 있지 않은 매일 매일이 안락하고, 능력을 둔화시키고 작업하려는 의지를 나약하게 해서, 마침내, 자신이 경멸하는 그런 존재가 되어버렸기에, 결국 작업을 하지 못하게 된 것이다. 그가 아는 사람들은 이제 모두 그가 글 쓰는 일을 하지 않을 때 더욱 편안한 사람들이었다. 아프리카는 그의 삶 속에서 좋은 시기에 가장 행복했던 곳이었기에, 그는 다시 시작하기 위해 여기로 떠나왔던 것이다. 그들은 최소한도로 안락하게 이 사파리를 꾸렸다. 힘든 건 없었다. 하지만 사치도 없었으며 그런 방식으로 단련해 들어갈 수 있을 거라고 생각했었다. 어떤 점에서 그는 권투선수가 몸을 만들기 위해 산속으로 들어가 작업하고 훈련하는 방식으로 자기 영혼의 기름기를 빼내는 작업을 했던 것이다.

그녀도 좋아했다. 이 일을 사랑한다고 말했다. 그녀는 자극적인 것, 환경의 변화를 포함하여 새로운 사람들이 있고 즐거움이 있는 곳이면 어떤 것이든 좋아했다. 그러면서 그는 글 쓰는 작업에 대한 의지의 힘이 되돌아오고 있다는 착각에 빠졌었다. 이제 만약 이것이 이대로 끝난다 해도, 그리고 그것을 깨닫게 되었다 해도, 자신을 물고 있는 뱀처럼 등이 부러져 있기 때문에 돌아설 수도 없는 것이다. 그것은 이 여자의 잘못이 아니었다. 만약 그녀가 아니라면 다른 여자와 있었을 것이다. 만약 그가 거짓으로 살아온 것이라면 그것으로 죽어야 할 것이다. 그는 언덕 너머에서 들려오는 한 방의 총소리를 들었다.

그녀는, 이 선한, 이 부유한 암캐는, 그의 재능에 대한 친절한 관리인이자 파괴자인 그녀는 총을 매우 잘 쏘았다. 난센스였다. 그는 자신의 재능을 스스로 파괴했다. 왜 그는 그녀가 자신을 잘 지켜주었다는 이유로 이 여인을 비난했을까? 그는 그것을 쓰지 않는 것으로, 그 자신과 그가 믿는 것을 배신하는 것으로, 그의 인식의 끄트머리가 둔화될 정도로 술을 마시는 것으로, 게으름으로, 나태함으로, 그리고 우월의식으로, 자만심과 편견으로, 어쨌건 수단 방법을 가리지 않고, 자신의 재능을 파괴했다.

이것은 뭐였을까? 오래된 책들의 목록? 어쨌든 그의 재능은 무엇이었을까? 그것은 괜찮은 재능이었지만 그것을 사용하는 대신에, 그는 그것으로 거래를 했었다. 결코 그는 사용한 적이 없었지만, 언제나 사용할 수는 있었다. 그리고 펜과 연필 대신에 다른 뭔가를 가지고 살아가는 것을 선택했다. 그가 다른 여자와 사랑에 빠졌을 때, 그 여인이 언제나 맨 마지막 여자보다 돈이 많았던 것 또한, 이상한 일이었다. 그렇지 않은가? 그러나 그가 더 이상 사랑을 하지 않게 되었을 때, 이제, 가장 돈이 많았던, 모든 돈을 가지고 있던, 남편과 아이들이 있던, 연인들도 있었지만 그들과는 불화했던, 또한 그를 작가로서, 남자로서, 동료로서 그리고 자랑스러운 소유물로서 각별히 사랑했던 이 여자에게, 단지 거짓말을 하게 된 때, 결코 그녀를 사랑하지도 않으면서 거짓말을 하는 동안, 그가 실제로 사랑했을 때보다 그녀의 부를 위해 그녀에게 더 기여할 수 있다는 것도 이상한 일이었다.

우리는 우리가 하는 일에 최대한으로 적합한 존재임에 틀림없다, 고 그는 생각했다. 어떤 식으로 생활해나가든 그곳에 각자의 재능이 놓여 있는 것이다. 그는 그의 삶 내내, 이런저런 형태로 생활력을 팔아왔었는데 사람들은 각자의 애정에 너무 얽매이지 않을 때 부에 대한 가치를 좀더 높게 평가하는 것이다. 그는 그것을 알아차렸지만, 이제는, 그 또한, 결코 쓰지 않을 것이다. 아니, 비록 그것이 정말 쓸 만한 가치가 있다고 해도 그는 쓰고 싶지 않을 것이다.

이제 그녀가 시야에 들어왔는데, 캠프를 향해 열려 있는 길을 가로질러 걸어오고 있었다. 그녀는 사냥 바지를 입고 자신의 소총을 들고 있었다. 두 명의 사내애들이 톰슨가젤 한 마리를 메고 그녀의 뒤를 따르고 있었다. 여전히 매력적인 외모를 가진 여자야, 하고 그는 생각했다. 호감이 가는 육체를 갖고 있지. 그녀는 잠자리에서 대단한 재능과 진가를 발휘했고, 예쁘지는 않았지만, 그는 그녀의 얼굴을 좋아했다. 그녀는 엄청나게 책을 읽고, 말 타고 사냥하는 것을 좋아했는데 확실히, 그녀는 너무 많이 마셨다. 그녀의 남편은 그녀가 아직 비교적 젊은 여인이었을 때 죽었고 한동안 그녀는 두 명의 자라나는 아이들, 그녀를 필요로 하지 않고 귀찮아하는 아이들을 위해, 그녀의 말들이 있는 마구간에, 책들에, 그리고 음주에 자신을 바쳤다. 그녀는 식사 전 저녁에 책 읽기를 좋아했는데 책을 읽는 동안 스카치소다를 마셨다. 식사 무렵 그녀는 상당히 취해 있었고 저녁식사 자리에서 와인 한 병을 마신 후에는 보통 충분히 취해서 잠들었다.

그것은 애인들이 있기 전이었다. 애인들을 갖게 된 후에 그녀는 잠들기 위해 마실 필요가 없었기에 그렇게 많이 마시지 않았다. 하지만 그 애인들은 그녀를 지루하게 했다. 그녀는 자신을 결코 지루하게 하지 않는 한 남자와 결혼했었는데 그 사람들은 그녀를 몹시 지루하게 했다.

그때 그녀의 두 아이 중 하나가 비행기 추락 사고로 죽었고 그 후 그녀는 연인들을 원치 않게 되었다. 술도 더 이상 마취재가 되지 못했기에 그녀는 또 다른 삶을 살아야만 했다. 갑자기, 그녀는 혼자라는 사실에 대해 극심한 두려움을 갖게 되었다. 그렇지만 그녀는 자신이 함께하면서 존경할 만한 누군가를 원했다.

그것은 매우 평이하게 시작되었다. 그녀는 그가 쓴 것을 좋아했고 그가 살아온 그 삶을 항상 부러워했다. 그녀는 그가 자신이 원했던 삶을 온전히 살았다고 생각했다. 그녀가 그를 얻기까지의 과정과 마침내 그와 사랑에 빠지게 되었던 방법은 그녀가 스스로 새로운 삶을 쌓고 그가 이전 삶의 남은 것들을 팔아치우는 통상적인 과정의 일부로서였다.

그는 안정을 위해, 또한 안락을 위해, 그것을 팔았고, 그 점을 부인하지 않았다. 그 밖의 뭐가 있을까? 그는 알지 못했다. 그녀는 그가 원하는 무엇이든 사주었을 것이다. 그는 그것을 알고 있었다. 또한 그녀는 지독히도 인정 많은 여자였다. 그는 어느 누구보다 그녀와 자진해서 잠자리를 하고 싶었다. 어느 정도는 그녀가 부유했기 때문이고, 매우 유쾌하고 수준 높았기 때문이며 결코 소동을 만들지 않았기 때문이다. 그리고 이제 그녀가 다시 구축했던 이 삶도 끝을 향해 가고 있었다. 왜냐하면 그들이 2주 전 여차하면 수풀 속으로 달아나라고 보내오는 첫 기척을 들으려 자신들의 귀를 넓게 펼치고, 코로

공기를 탐색하며 주변을 살피며 서 있는 영양 한 떼의 사진을 찍기 위해 앞으로 나아가다 가시에 그의 무릎이 긁혔을 때 그가 요오드를 사용하지 않았기 때문이다. 한편, 영양들은 그가 사진을 찍기도 전에 달아나버렸다.

이제 그녀가 왔다.

그는 침대 위에서 그녀 쪽이 보이게 머리를 돌렸다. "왔군." 그가 말했다.

"숫토미 한 마리를 잡았어요." 그녀가 말했다. "맛있는 수프를 만들어 줄게요. 클림과 함께 감자를 으깨 넣으라고 할 거예요. 기분은 좀 어떠세요?"

"훨씬 나아졌어."

"정말 좋지 않아요? 그럴 거라 생각했어요. 내가 떠날 때 당신은 잠들어 있었거든요."

"단잠을 잤어. 멀리 갔었나?"

"아니에요. 바로 언덕 너머 주변이에요. 토미를 한 방에 용케 잡았다니까요."

"당신은 굉장히 잘 쏘는 거야, 알다시피."

"난 사냥을 사랑해요. 아프리카를 사랑해왔어요. 정말로. 만약 당신이 괜찮았다면 내가 이제껏 누려보지 못 한 가장 큰 즐거움을 맛봤을 텐데. 당신과 함께 사냥을 하던 그 즐거움을 당신은 모를 거예요. 나는 이 나라를 사랑해요."

"나 역시 사랑하지."

"여보. 당신 기분이 좋아 보이는 게 얼마나 좋은지 모르겠어요. 아까는 참기 힘들었어요. 내게 다시는 그런 식으로 말하지 않을 거죠. 그렇죠? 나랑 약속하는 거죠?"

"모르겠는데." 그는 말했다. "내가 무슨 말을 했는지 기억나지 않아."

"당신이 나를 망가뜨려야만 할 필요 없잖아요. 그렇죠? 나는 단지 당신을 사랑하고 당신이 하고 싶어 하는 일을 하길 원하는, 한 중년 여자일 뿐이에요. 나는 이미 두세 번 망가졌어요. 당신은 내가 다시 망가지길 원하는 건 아니죠, 그렇죠?"

"나는 당신을 침대에서 몇 번이라도 망가뜨리고 싶어." 그가 말했다.

"좋아요. 그건 훌륭한 망가짐이네요. 그게 우리를 망가뜨릴 방법이긴 하네요. 비행기는 내일 올 거예요."

"당신이 어떻게 알지?"

"확실해요. 반드시 올 거예요. 저 애들이 나무를 전부 준비해두고 연기를 피우기 위해 풀도 베어두었어요. 내려가서 오늘 다시 확인했어요. 착륙할 공간이 충분하고 양쪽 끝에서 연기를 피울 준비를 해두었어요."

"무엇이 당신에게 그게 내일 올 거라고 생각하게 만드는 거지?"

"분명히 올 거예요. 이미 올 때가 지났어요. 그러면, 시내에서 당신 다리를 치료하고 나서 우리는 얼마간 멋진 '망가짐'을 가질 수 있을 거예요. '대화' 같은 끔찍한 것 말고 말이에요."

"우리 한 잔 할 수 있을까? 해도 졌는데."

"꼭 그러고 싶어요?"

"한 잔만."

"함께 한 잔씩만 해요. 몰로, 위스키소다 두 잔만 가져다 줘!" 그녀가 소리쳤다.

"당신 모기 장화를 신는 게 좋을 거 같은데," 그가 그녀에게 말했다.

"목욕할 때까지는 그냥 있으려고요⋯⋯."

어둠이 짙어가는 동안 그들은 술을 마셨고 완전히 어두워지기 직전 더 이상 총을 쏠 수 있는 빛조차 사라진 뒤, 하이에나 한 마리가 언덕 주위로 펼쳐진 길을 가로질러 갔다.

"저놈은 매일 밤 저기를 가로질러 가지." 사내가 말했다. "2주

내내 매일 밤 그랬어."

"밤에 한번은 소리를 냈어요. 난 신경 쓰지 않았어요. 그래도 고약한 동물이긴 하죠."

함께 술을 마시는 동안, 같은 자세로 누워 있는 불편함을 빼면 이제 고통은 없었다. 사내애들이 불을 피우는 중이었고, 그 그림자가 텐트 위로 뛰어다녔다. 그는 이 삶에서 포기를 기꺼이 받아들이는 쪽으로 돌아가는 것을 느낄 수 있었다. 그녀는 그에게 매우 훌륭했다. 아까는 잔인했고 불공정했다. 그녀는 실제로 놀랄 만큼 좋은 여성이었다. 그런데 그때 막 그에게 자신이 죽어가고 있다는 생각이 떠올랐다.

그것은 물이나 바람처럼은 아니었지만, 급작스럽게 악취가 풍기는 공허함처럼 급습해왔는데, 기묘한 건 하이에나가 그 공허함의 끝자락을 따라 가볍게 미끄러져갔다는 사실이다.

"무슨 일이에요, 해리?" 그녀가 그에게 물었다.

"아무것도 아냐." 그가 말했다. "당신은 건너편으로 옮겨가는 게 좋겠어. 바람이 불어오는 쪽으로."

"몰로가 붕대를 갈아주었나요?"

"그래, 지금은 붕산만 쓰고 있어."

"기분은 어떠세요?"

"조금 어지럽군."

"전 목욕하러 갈게요." 그녀가 말했다. "바로 올 거예요. 저녁을 함께 먹고 나서 우리 침상을 안으로 옮기기로 해요."

'그래', 그는 자신에게 말했다. '우리가 싸움을 멈춘 건 잘한 일이야'. 그는 이 여인과는 결코 많은 싸움을 하지 않았다. 그가 사랑했던 다른 여인들과 함께 있는 동안에는 너무 많이 싸워서 그들은 마지막엔 항상, 싸움의 부식작용으로 자신들이 함께했던 것을 죽여버렸다. 그는 너무 많이 사랑했고, 너무 많이 요구했다. 그리하여 전부 닳아 해지게 만들었던 것이다.

그는 파리에서 싸우고 떠나와 콘스탄티노플에 혼자 있던 그 시간에 대해 생각했다. 그 시간 내내 여자를 샀고 그것이 끝나고 났을 때, 자신의 외로움을 죽이는 데도 실패했지만 더욱 나빠지게 만들어서, 그를 떠났던 첫 번째 사람, 그녀에게 자신이 얼마나 외로움을 죽일 수 없었는지 이야기하는 편지를 썼다. … 한번은 레장스 호텔the Regence 밖에서 그녀를 보았다고 생각했을 때 얼마나 실신할 만큼 마음이 아팠던가를, 그리고 같은 길에서 그녀처럼 보이는 여자를 쫓아 불바르를 걸으면서, 그녀가 아니라는 걸 확인하고, 자신이 가졌던 그 느낌을 잃는 것이 얼마나 두려웠던가를. 어떻게 자신이 함께 잤던 모든 이들이 단지 그녀를 더 그리워하게 만들었던가를. 그녀를 사랑하는 자신을 치유할 수 없다는 것을 알았기에 그녀가 했던 일이 왜 문제가 되지 않는가를. 그는 정신이 말짱한 상태에서 클럽에서 그 편지를 썼고, 그녀에게 파리의 사무실로 답장을 요청하면서 뉴욕으로 부쳤다. 그것은 안전해 보였다. 그리고 그날 밤 그녀를 너무나 그리워하는 중에 가슴이 텅 빈 듯 아파와서, 막심가를 어슬렁거리며 지나다 한 여자를 골라 잡았고 그 여자를 데리고 저녁을 먹으러 갔다. 그는 이후 그 여자와 함께 춤추는 곳으로 갔고, 그 여자의 춤이 너무 형편없어서 화끈한 아르메니아 계집을 위해 그 여자를 떠났고, 자신에게 대고 흔들어대는 그녀의 배로 인해 거의 욕정이 끓어올랐다. 그는 말다툼 끝에 영국 포병 중위로부터 그녀를 떼어냈다. 그 포병 중위는 그에게 나가자고 했고 그들은 어둠 속 자갈이 깔린 거리에서 싸웠다. 그는 턱 쪽을 강하게 두 번 칠 수 있었지만 상대가 쓰러지지 않았을 때 제대로 싸움을 벌여야 할 상황임을 깨달았다. 그 포병이 몸통을 때리고는 눈 옆을 때렸다. 그는 다시 왼손을 휘둘러 타격을 가했고 포병은 위로 쓰러지며 그의 외투를 잡아 소매를 찢었다. 그는 귀 뒤쪽을 두 번 때리고나서 밀치고는, 오른손으로 세게 가격했다. 포병이 먼저 머리를 부딪치며 쓰러졌을 때, 헌병들이 오는 소리가 들려왔으므로 그는 여자와 함께 달아났다. 그들은 택시에 올라 보스포루스 해협을 따라 루멜리 히사리로 내달렸고, 주변을 돌다가 차가운 밤에 돌아와 잠자리에 들었다. 그녀는 눈에 보이는 것처럼 농익었지만 부드러우면서 장미 꽃잎 같았고, 달콤하고 부드러운 배와 큰 가슴이 느껴졌다. 여자의 엉덩이 아래로는 베개가 필요치 않았다. 그는 여자가 깨어나 첫 햇살에 흐트러진 모습을 보이기 전에 떠나 검게 멍든 한 눈에, 한쪽 소매가 없어진 윗도리를 손에 든 차림으로 페라 팔라스에 나타났다.

같은 날 밤 그는 아나톨리아를 향해 떠났고, 그 여행 끝에 사람들이 아편을 위해 키웠던 양귀비 밭 사이를 하루 종일 달리던 일과 그것이 기분을 얼마나 이상하게 만들었는지, 마침내 그 모든 거리감이 다르게 여겨지고, 그곳이 그들이 새로 도착한 콘스탄틴 장교들과 함께 공격했던 곳이라는 것과, 빌어먹을 짓이라는 걸 모르고 대포를 군대에 쏘아댄 영국 관측병이 아이처럼 울어대던 일을 떠올렸다.

그가 하얀 발레 스커트에 끝이 위로 올려진 술 달린 신발 차림의 죽은 사람을 처음으로 볼 수 있었던 것은 그날

이었다. 터키군들은 연이어 떼로 몰려왔는데 그는 스커트 차림의 병사들이 달아나자 장교들이 그들에게 총을 쏘고는 자신들도 달아나는 것을 보았고, 그와 영국군 관측병 역시 폐가 아프고 입이 동전 맛으로 가득 찰 때까지 달아났었다. 그들은 어떤 바위 뒤에 멈추었고 터키군들은 언제나처럼 떼지어 왔다. 후에 그는 결코 상상조차 할 수 없었던 광경들을 목격했는데 나중에는 더 심한 광경까지 보게 되었다. 그리하여 파리로 돌아왔을 때 그것에 관해 말할 수 없었거니와 언급되는 것조차 견딜 수 없었다. 그런데 거기 그가 지나치던 그 카페 안에, 앞에 받침접시 한 무더기를 쌓아 둔 채* 감자 얼굴에 어리석어 보이는 표정으로 트리스탄 차라라 불리는, 항상 외알 안경을 쓰고 두통을 앓고 있는 한 루마니아인과 다다이즘 운동에 관해 이야기를 나누고 있는 미국인 시인이 있었다. 그리고, 이제 다시 사랑했던 아내와 아파트로 돌아왔고, 싸움은 완전히 끝났으며, 그 미친 짓이 완전히 끝나 집에 있는 것이 기뻤는데, 사무실에서 그의 우편물을 아파트로 보내왔다. 그런데 그때 그가 썼던 것에 대한 답장 편지가 어느 날 아침 접

* 술잔 받침접시로, 잔술을 그만큼 많이 마셨다는 의미임.

시 위에 올려져 들어왔고 그 필체를 보았을 때 그는 온몸이 얼어붙어서 그 편지를 다른 것 밑으로 밀어넣으려 했다. 하지만 아내가 "그 편지는 누구한테 온 거예요, 여보?" 하고 물었고, 그것이 그 시작의 끝이었다.

그는 그들 모두와 함께한 좋은 시간과 싸움들을 떠올렸다. 그들은 항상 싸움을 하기에 가장 좋은 지점을 골랐다. 왜 그들은 언제나 그가 최상의 기분일 때 싸움을 걸어왔던 것일까? 그는 그에 관해 어떤 것도 써본 적이 없는데, 우선 그는 누구도 상처받는 걸 원치 않았고 다음으로는 그것 말고도 써야 할 것이 충분한 것처럼 여겨졌기 때문이다. 하지만 항상 결국에 그것을 쓰게 되리라고 생각했다. 쓸 것이 너무 많았다. 그는 세상의 변화를 보아왔다. 단지 사건들로서가 아니었다. 비록 그는 그 가운데 많은 것들을 보았고 사람들을 보았지만, 그는 미묘한 변화를 보아왔고 사람들이 다른 시간에 어떠했는지를 기억할 수 있었다. 그는 그 안에 있었고 그것을 지켜보았으므로 그것에 관해 쓰는 것은 그의 의무였지만 이제 그는 결코 쓸 수 없게 된 것이다.

"기분은 좀 어때요?" 그녀가 말했다. 그녀는 목욕 후에 이제 텐트에서 나와 있었다.

"괜찮소."

"이제 드실 수 있겠어요?" 그는 그녀 뒤에 접이식 테이블을 든 몰로와 접시들을 든 다른 사내애를 보았다.

"글을 쓰고 싶군." 그가 말했다.

"기운을 차리기 위해서라도 고기국물을 좀 먹어야 해요."

"나는 오늘 죽을 거야." 그가 말했다. "기운을 차릴 필요는 없겠지."

"극단적으로 생각하지 마세요, 해리. 제발." 그녀가 말했다.

"당신은 왜 당신 코를 사용하지 않는 거지? 나는 지금 허벅지 위쪽으로 반쯤 썩었어. 아무려면 내가 바보처럼 고기국물이나 먹고 있어야겠어? 몰로, 위스키소다를 가져와."

"제발 수프 좀 드세요." 그녀가 부드럽게 말했다.

"알겠소."

수프는 너무 뜨거웠다. 그는 컵 안에 든 것을 먹을 수 있을 만큼 충분히 식을 때까지 잡고 있다가, 그러고 나서 구역질을 참고 힘겹게 삼켰다.

"당신은 좋은 여자요." 그가 말했다. "내게 너무 신경 쓰지 말아요."

그녀는 〈스퍼〉와 〈타운 앤 컨트리〉로 잘 알려진, 아주 사랑스러운 얼굴로 그를 바라보았다. 다만 술로 인해, 잠자리로 인해 조금 더 나빠졌지만, 〈타운 앤 컨트리〉는 그 멋진 가슴과 매우 훌륭한 허벅지와 가볍게 등허리를 어루만져주는 그 작은 손은 결코 보여주지 않았다. 그가 그녀의 잘 알려진 상냥한 미소를 보고 또 보았을 때, 그는 죽음이 도래했음을 다시금 느꼈다. 이번에는 급습해온 건 아니었다. 촛불을 떨리게 하고 불꽃을 늘어뜨리는 한 줄기 바람처럼, 느슨하게 불어왔다.

"저 애들이 나중에 내 모기장을 내와서 나무에 매달고 불을 지필 수 있을 거요. 나는 오늘 밤 텐트에 들지 않을 작정이요. 움직일 가치가 없으니. 맑은 밤이군. 비 같은 것도 없을 거야."

그래 이렇게 죽는 거구나. 듣지 못했던 속삭임 속에서. 그래, 더 이상 싸움은 없을 것이다. 그는 그것을 약속할 수 있었다. 결코 가져보지 못했던 이 하나의 경험을 그는 이제 망치지 않을 것이었다. 아마 그럴 수 있을 것이다. 모든 걸 망쳤었다. 그러나 이번엔 아마 그러지 않을 것이다.

"당신 구술하는 걸 받아쓸 수는 없겠지, 그렇지?"

"배운 적은 없어요." 그녀가 말했다.

"그렇겠지."

물론 시간이 없었다. 비록 제대로 해낼 수만 있다면, 그것 전부를 한 단락 속에 넣을 수 있을 만큼 짧게 만들 수 있을 것 같은데도.

호수 너머 언덕 위로, 흰 회반죽으로 틈을 메운 통나무집 한 채가 있었다. 문 옆 기둥에는 밥 시간에 사람들을 부르기 위한 벨 하나가 달려 있었다. 집 뒤는 벌판이었고 그 벌판 뒤로 목재용 산림이 있었다. 한 줄로 늘어선 롬바르디아 포플러나무들이 집에서 선창가로 이어져 있었다. 다른 포플러나무들이 그 지점을 따라 이어졌다. 길 하나가 산림 끝을 따라 언덕 위로 올라갔는데 그는 그 길을 따라 산딸기를 땄었다. 그때 그 통나무집이 불에 타 무너졌고 뚜껑 없는 벽난로 위 사슴 발 선반에 있던 모든 총들도 불탔다. 나중에 총신들은 완전히 불탄 개머리판과 탄창 속에서 녹은 납들과 함께, 큰 비누 쇠솥의 잿물로 쓰이기 위해 잿더미 위에 펼쳐져 있었고, 그것들을 가지고 놀아도 되는지 할아버지에게 묻자, 안 된다고 했다. 알다시피 그것들은 여전히 할아버지의 총이었고 그분은 다른 것을 사지 않았다. 더 이상 그분은 사냥도 하지 않았다. 그 집이 이제 제재목으로 같은 자리에 다시 지어졌고 하얗게 칠해졌으며 그곳 현관에서 포플러나무들과 그 너머의 호수가 내다보였다. 하지만 더 이상 총은 없었다. 통나무집 벽 위 사슴 발 위에 걸려 있던 그 총의 총신들은 거기 잿더미 위에 놓여 있었고 누구도 그것들에 손을 대지 않았다.

전쟁 후 블랙 포리스트*에서 우리는 송어잡이 개울을 빌린 바 있는데, 그곳까지 걸어가는 데는 두 갈래 길이 있었다. 하나는 트리베르크에서 골짜기를 따라 내려가 흰 길과 맞닿아 있는 나무 그늘 속 골짜기 길을 돌아, 커다란 슈바르츠발트 집들과 많은 작은 농장들을 지나는 언덕을 넘어 옆길에 이르면, 마침내 그 길이 개울을 가로지르는 길이었다. 그곳이 우리의 낚시가 시작되는 곳이었다.

또 하나의 길은 숲의 끝까지 가파르게 올라 소나무 숲을 통해 언덕 꼭대기를 가로질러 가서는, 초원의 끝을 벗어나 다리까지 내려가는 길이었다. 거기에는 크지는 않지만, 좁으면서 맑고 빠르게 물이 흐르는 개울을 따라 자작나무가 있고 그 뿌리 아래를 파고드는 웅덩이들이 있었다. 트리베르크 호텔 주인에게는 호시절이었다. 매우 쾌적한 곳이었기에 우리는 모두 훌륭한 친구가 되었다. 그 다음 해

---

*Black Forest : 독일 남서부의 슈바르츠발트에 있는 검은 삼림지.

에 인플레이션이 닥쳤고, 지난 해 번 돈으로는 호텔을 열기 위한 물품을 사기에도 충분치 않았기에 그는 스스로 목을 맸다.

그것을 받아쓰게 할 수는 있었겠지만 꽃장수들이 거리에서 꽃을 염색해서 그 염료가 자동 버스가 출발하는 포장도로 위로 넘치고, 노인과 여자들이 항상 와인과 질 낮은 술찌끼를 마시고, 감기로 콧물을 흘리고 있는 아이들과 더러운 땀 냄새와 빈곤과 카페 데 아마퇴르에서의 술주정과 발 뮈제트(프랑스의 대중 댄스홀) 위에 매춘부들이 살고 있던, 콩트르스카르프 광장을 받아쓰게 할 수는 없었다. 자신의 방으로 근위대 기병을 맞아들이고 말총 깃이 꽂힌 그의 헬멧을 의자 위에 놓아두던 관리인 여자. 남편이 자전거경주 선수였던 복도 맞은편 세입자와 그날 아침 간이식당에서 〈로또〉를 펼쳐서 남편이 그의 첫 번째 빅레이스인, 파리-투르 경주에서 3등을 차지한 걸 본 그녀의 기쁨. 그녀는 얼굴이 빨개지면서 웃음을 터뜨렸고 그러고는 손에 황색 스포츠 신문을 들고 울면서 계단을 밟아 올라갔었다. 발 뮈제트를 운영하는 여자의 남편은 택시를 몰았고 그가 즉 해리가, 일찍 비행기를 타야만 할 때 그 남편은 그를 깨우기 위해 노크를 했고 그들은 출발하기 전에 함석 바에서 각자 백포도주를 한 잔씩 마셨다. 그때는 그들 모두가 가난했기 때문에 그는 그 지역 이웃들을 알았다.

그 광장 주변에는 두 부류가 있었다. 술주정뱅이들과 스포츠광들. 술주정뱅이들은 그와 같은 방식으로 자신들의 빈곤을 죽였다. 스포츠광들은 운동으로 그것을 배출했다. 그들은 파리 코뮌의 후예들이었고 자신들의 정치적 입장을 알리려 애쓸 필요도 없었다. 그들은 자기들의 아버지를, 친척을, 형제를, 그리고 자신들의 친구들을 쏜 사람을 알고 있었다. 베르사유 군대가 코뮌 뒤에 들어와 도시를 차지하고 손에 못이 박혔거나, 모자를 썼거나, 또는 어떤 다른 형태로 그가 노동자임이 드러나는 누구라도 처형시켰던 것이다. 그리고 그 빈곤 속에서, 말고기 푸줏간과 와인 협동조합 길 건너편 그 지역 안에서 그는 그가 하고자 하는 모든 것의 시작을 썼었다. 그가 그처럼 사랑한 곳은 파리 어디에도 없었다. 불규칙하게 뻗은 나무들, 아래쪽은 갈색으로 칠해진 오래된 흰색 회반죽 집들, 그 지역을 도는 긴 녹색 자동 버스들, 포장도로 위로 흐르는 자줏빛 꽃 염료, 카르디날 르무안 거리에서 강으로 급하게 떨어지는 가파른 비탈 언덕, 그리고 그 무프타르 거리의 좁고 혼잡했던 세계의 다른 길. 판테온으로 향하는 오르막 길과 그가 항상 자전거를 타고 달리던 또 다른 길, 타이어 아래로 매끄러웠던, 그 구역 전체에서 유일했던 아스팔트 길, 높고 좁은 집들과 폴 베를렌이 죽었던 값싼 높은 호텔. 그들이 살던 아파트는 단지 방이 두 개였고 그는 그 호텔의 맨 위층 방 하나를 한 달에 60프랑을 지불하고 빌려, 그곳에서 작품을 썼고 그곳으로부터 지붕들과 굴뚝 위 통풍관과 파리의 모든 언덕을 볼 수 있었다.

아파트에서는 단지 장작과 석탄을 파는 장사꾼을 볼 수 있을 뿐이었다. 그는 또한 와인도 팔았는데 질 낮은 와인이었다. 진열장 안에 도금된 붉은 뼈가 걸려 있던 말고기 푸줏간 외부의 황금빛 말머리와, 그들이 와인을 사던(좋은 술과 싼 술을 팔던) 녹색 페인트칠이 된 협동조합. 나머지는 회반죽 벽과 이웃의 창문들이었다. 밤에 그 이웃들은, 누군가 술에 취해 거리에 드러누워, 존재하지 않는다고 선전된 전형적인 프랑스식 만취 상태로 신음하며 끙끙거리고 있으면, 창문을 열고는 웅얼웅얼 말하곤 했다.

"경찰은 어디 있는 거야? 그 자식은 필요 없을 때만 항상 있지. 어느 관리인년하고 뒹굴고 있겠지. 순경이라도 데려오지." 마침내 누군가 창문에서 물 한 양동이를 뿌리면 그

신음은 멈추었다. "저게 뭐야? 물이잖아. 오, 똑똑하네."
그리고 창문들이 닫혔다. 그의 파출부 마리는 8시간 근무
제에 반대하면서 말했다. "남편이 6시까지 일한다면 집에
오는 길에 적당히 술을 마시고 그렇게 많이 낭비하지도 않
을 거예요. 만약 5시까지 일한다면 매일 밤 마실 테고 돈
도 떨어질 거예요. 이 단축 시간으로 고통 받는 사람은 노
동자의 아내인 거죠."

"수프를 좀더 먹지 그래요?" 여자가 그에게 막 권했다.
"아니, 정말 고맙소. 너무나 맛있었소."
"조금만 더 먹어보세요."
"나는 위스키소다가 좋겠어."
"그건 당신에게 좋지 않아요."
"그래, 나에게는 나쁘지. 콜 포터가 그런 가사로 곡을 썼지.
'당신이 나로 인해 미쳐간다는 걸 알고 있어'."
"아시다시피 난 당신이 술 마시는 걸 좋아해요."
"아, 알아. 단지 나에게 나쁜 거지."
그녀가 가버리면, 내가 하고 싶은 걸 다 할 수 있게 되겠지,
하고 그는 생각했다. 내가 하고 싶은 것 전부가 아니라 여기서
할 수 있는 전부겠지. 그는 피곤했다. 너무 피곤했다. 그는 잠

깐 동안 잘 생각이었다. 그는 여전히 누워 있었고 거기에 죽음은 없었다. 그것은 틀림없이 다른 길을 돌았을 것이다. 그것은 짝을 이루어, 자전거로, 절대적으로 조용히 포장도로로 이동했다.

그렇다, 자신은 파리에 관해 한 번도 쓴 적이 없었다. 자신이 관심을 가졌던 파리는 아니었다. 하지만 한 번도 쓴 적이 없는 나머지는 어찌 되었을까?

그 방목장과 은회색 산 쑥, 빠르고 맑은 물이 흐르던 관개수로, 그리고 진녹색 자주개자리는 어찌 되었을까. 오솔길은 언덕으로 올라갔고 여름철 소들은 사슴처럼 수줍어했다. 가을이 되어 몰고 내려올 때면 울부짖는 소리, 끊임없는 소음, 느리게 움직이는 소떼들은 먼지를 일으켰다. 그리고 산 너머, 저녁 햇살 속의 그 맑고 가팔랐던 정상과 골짜기를 가로지르는 밝은 달빛 속 오솔길을 따라 말을 달려 내려오던 일. 이제 그는 앞을 볼 수 없을 때 말 꼬리를 잡고 어둠 속에서 그 제재용 나무 숲을 통과해 내려오던 일과 그가 쓰고자 마음먹었던 모든 이야기들을 떠올렸다.

그때 농장에 남겨두면서 아무도 건초를 가져가지 못하게

하라고 일러두었던, 반쯤 모자라는 사내애와, 자기를 위해 일할 때 그 사내애를 때렸던 그 포크스 출신 늙은 놈이 얼마간 먹을 걸 얻기 위해 머물렀던 일에 관해서는 어떨까. 그 사내애가 거절하자 그 늙은이는, 그를 다시 때리겠다고 말했다. 그 사내애는 부엌에서 총을 가지고 나왔고 그가 헛간으로 들어가려고 할 때 그를 쏘았으며, 사람들이 농장으로 돌아왔을 때는 가축우리에서 얼어 죽은 채로 일주일이 지나, 개들이 일부분을 먹어치운 뒤였다. 하지만 남겨진 사체를 담요로 말아 썰매 위에 싣고 묶은 뒤 그 사내애에게 끌게 시켰고, 둘은 그것을 싣고 스키를 타고 그 길을 넘어, 시내까지 60마일을 달려 내려가 그 사내애를 경찰에 넘겼다. 그 애는 체포될 거라고는 생각지 못했다. 자신은 의무를 다했고 그가 자신의 친구라고 여겼기에 사례를 받을 거로 생각했었다. 그 애는 모든 사람들이 그 늙은이가 얼마나 악질이었는지와 제 것도 아닌 먹을 것을 훔치려 한 걸 알고 있다고 여겼기에 그 늙은이를 실은 썰매를 끄는 것을 도왔을 테고, 그래서 보안관이 자신에게 수갑을 채웠을 때 믿을 수 없어 했던 것이다. 그때부터 그 애는 울기 시작했다. 그것은 작품을 쓰기 위해 보관해둔 하나의 이야기였다. 그는 거기에서 끄집어낼 멋진 이야기를 적어도 스무 개는 알고 있었지만 하나도 쓸 수 없었다. 왜?

"당신이 사람들에게 이유를 말해주지 그래." 그가 말했다.

"무슨 이유요?"

"아, 아무것도 아니오."

그녀는 이제, 그렇게 많이 마시지 않았다. 자신을 만난 이후부터. 하지만 만약 자신이 살아 있다 해도 그녀에 관해 절대 쓰지 않을 거라는 걸, 그는 이제 알고 있었다. 그들 누구에 관해서도 쓰지 않을 것이다. 부자들은 둔감했고 너무 많이 마시거나 너무 많은 주사위놀이를 했다. 그들은 둔감하고 반복적이었다. 그는 가난한 줄리언*을 떠올렸고 그들에 대한 그의 낭만적인 경외감과 그가 한때 "정말 부자들은 너나 나하곤 달라."로 시작되는 소설 한 편을 어떻게 쓰기 시작했는지를 떠올렸다. 그리고 줄리언에게 어떻게 말했던지를, 그래, 그들은 더 많은 돈을 가지고 있지. 하지만 그것은 줄리언에게 유머가 될 수 없었다. 그는 그들이 특별히 매혹적인 종족이라고 생각했었지만, 실제는 그렇지 않다는 사실을 알아챘을

<hr>

* 〈위대한 개츠비〉의 작가 스콧 피츠제럴드를 가리킨다. 꼭 그를 지칭하지 않는다 해도 달라질 건 없다. 한마디로 '빙산 이론'의 형식으로 쓴 것이다. 이 작품이 처음 발표되었을 때는 '스콧'이라고 표기했었다.

때, 그건 정말이지 그를 망가뜨렸던 다른 어떤 것보다 더 심하게 그를 망가뜨렸다.

그는 망가뜨려진 이들을 경멸해왔다. 이해했다고 해서 좋아해야만 하는 것은 아니었다. 무엇이든 이겨낼 수 있다,고 그는 생각했다. 만약 관심을 두지 않았다면 자신을 다치게 할 수 있는 것은 아무것도 없었기 때문이다.

그래. 이제 그는 죽음에 관해 관심을 두지 않기로 했다. 한 가지 그가 항상 두려워했던 것은 고통이었다. 그것이 너무 오랫동안 자신을 기진맥진하게 만들기 전까지는 누구 못지않게 고통을 참을 수 있었지만, 지금은 지독한 상처를 지니고 있었고 그것이 자신을 파괴하고 있다고 느꼈을 즈음, 그 고통은 멈추었다.

그는 오래전 포병 장교 윌리엄슨이, 그날 밤 철조망을 통과하던 중에 어느 독일군 순찰병 하나가 던진 막대 폭탄을 맞고 나서, 비명을 지르며, 모든 사람들에게 자신을 죽여달라고 간청하던 일을 기억했다. 그는 비록 근거 없는 과시욕에 빠져 있긴 했지만, 매우 용감하고, 훌륭한 장교로, 뚱뚱한 사내였다. 그러나 그날 밤 그는 철조망에 걸렸고, 조명탄이 위로 비치는 중에 내장이 철조망으로 삐져

나왔으므로, 그를 떼어내기 위해서는, 산 채로 잘라내야
만 했다. 나를 쏴주게, 해리, 제발 나를 쏴. 그들은 언젠가
신은 감당할 수 없는 것은 보내지 않으며 그것은 적당한
때에 그 고통은 자동적으로 사라진다는 것을 의미하는
거라는 누군가의 이론을 두고 논쟁한 적이 있었다. 하지
만 그는 항상 그날 밤의 윌리엄슨을 기억하고 있었다. 그
가 늘 자신을 위해 쓰려고 지니고 있던 모르핀 정제 전부
를 줄 때까지 어떤 것도 윌리엄슨에게서 사라지지 않았고
그러고는 곧바로 그 일을 중단했다.

여전히 지금 그가 겪고 있는 이것도, 매우 간단했다. 더구나
진행되면서 더 나빠지지만 않는다면 더 이상 걱정할 것도 없었
다. 얼마간 좋은 동료와 있었으면 하는 것을 제외하면 말이다.
　그는 얼마간 같이 있고 싶은 동료에 대해 생각했다.
　아니야, 그는 생각했다. 뭘 할 때든, 자네는 너무 오래 하고,
너무 늦게 해서, 여전히 그런 사람을 만나길 기대할 수 없을
거야. 그런 사람들은 전부 떠났어. 파티는 끝났고 자네는 이
제 자네 안주인과 함께 있는 거라구.
　나는 다른 모든 것들처럼 죽어가는 것도 따분해하고 있는
셈이군, 하고 그는 생각했다.

"이건 따분한 일이야." 그가 소리 내어 말했다.

"뭐가요, 여보?"

"무엇이든 너무 오래 매달리면 그렇다는 거요."

그는 그녀의 얼굴을 자신과 불 사이에서 바라보았다. 그녀는 의자에 등을 기대고 앉아 있었다. 불빛이 기분 좋게 주름진 그녀의 얼굴 위로 빛나고 있었고, 그녀가 졸음에 겨워하는 것을 볼 수 있었다. 그는 방금 하이에나가 불의 사정권 밖에서 내는 소리를 들었다.

"글을 쓰고 있었소." 그가 말했다. "하지만 피곤하군."

"잠들 수 있을 것 같아요?"

"분명히 그럴 거요. 당신은 왜 들어가지 않지?"

"여기 당신과 함께 앉아 있는 게 좋아요."

"뭔가 이상한 게 느껴지지 않소?" 그가 그녀에게 물었다.

"아니요. 단지 좀 졸리네요."

"나도 그렇소." 그가 말했다.

그는 이제 다시 죽음이 닥쳐왔다고 느꼈다.

"당신도 알다시피 내가 유일하게 잃어버리지 않은 게 호기심이지." 그가 그녀에게 말했다.

"당신은 결코 어떤 것도 잃은 적이 없어요. 당신은 내가 아는 한 가장 완벽한 남자였어요."

"맙소사," 그가 말했다. "정말 뭘 모르는 여자군. 그게 뭐야? 당신 직관인가?"

바로 그때, 죽음이 다가와 그것의 머리를 침대 발치에 내려놓았으므로 그는 그 숨결을 알아챌 수 있었다.

"절대 낫과 두개골*에 관해서는 어떤 것도 믿지 마." 그가 그녀에게 말했다. "그건 간단히 말해 두 명의 자전거 탄 경찰관이나 한 마리 새 같은 존재라 할 수 있어. 또는 하이에나처럼 넓은 주둥이를 가졌거나."

죽음이 이제 그를 덮쳐왔지만, 더 이상 어떤 형태도 없었다. 그것은 단순히 공간을 채우고 있었다.

"꺼져버리라고 해."

그것은 꺼져버리기는커녕 좀더 가까이 다가왔다.

"자네 지독한 입 냄새를 가졌군," 그가 말했다. "악취나 풍기는 망할 자식 같으니."

그것은 여전히 그에게 가까이 다가왔고 이제 그는 그것에게 말을 할 수 없었는데, 그가 말을 할 수 없는 것을 보고는 좀더 다가왔다. 이제 그는 말을 하지 않고 그것을 쫓아버리려 애썼지만, 그것은 그에게로 올라타서 그 무게가 완전히 가슴

---

*a scythe and a skull 사신(死神)을 상징.

위에 얹혀졌고, 그것이 거기 웅크리고 있어 움직이지도 말을 할 수도 없는 중에, 그는 여자가 하는 말을 들었다. "브와나는 막 잠드셨어. 아주 조심해서 침대를 들어 텐트 안으로 옮겨 줘."

그는 그것을 쫓아버리도록 그녀에게 말할 수 없었거니와 이제 더 무겁게 웅크리고 있어서, 숨을 쉴 수조차 없었다. 그러고 나서, 그들이 침대를 옮기는 동안, 갑자기 그것이 완전히 가벼워지면서 가슴으로부터 무게감이 사라졌다.

**

아침이었고, 아침이 흐르는 어느 시점에 그는 비행기 소리를 들었다.[*] 그것은 매우 작게 보이다가 넓은 원을 만들었고, 사내애들이 달려가 등유를 이용해 불을 피우고 덤불을 던져넣자 평평한 평원 양 끝에 두 개의 커다란 불길이 일었다. 아침 산들바람이 캠프를 향해 불길을 번지게 했고, 비행기가 이번에는 낮게 두 바퀴를 더 돌고는 미끄러지듯 아래로 내려와 수평을 유지하며 부드럽게 땅에 내려앉았다. 그를 향해 걸

---

[*] 실제 문장에 이렇게 쓰여 있다.

어오고 있는 이는, 헐렁한 바지에, 트위드 재킷과 갈색 펠트 모자 차림의 오랜 친구 콤프턴이었다.

"무슨 일이야, 친구?" 콤프턴이 말했다.

"무릎이 안 좋네." 그가 그에게 말했다. "아침은 먹었나?"

"고마워. 나는 차나 좀 마시지. 알다시피 이건 퍼스 모스(경비행기)야. 자네 마나님까지 태울 수는 없을 것 같네. 한 사람 공간밖에 없거든. 자네 트럭이 오고 있네."

헬렌이 콤프턴을 옆으로 데려가서는 그에게 말을 하고 있었다. 콤프턴이 그 어느 때보다 훨씬 유쾌한 표정으로 돌아왔다.

"바로 타자구." 그가 말했다. "내가 마나님을 데리러 돌아오겠네. 지금은 유감스럽게도 연료를 넣기 위해 아루샤에 들러야 할 거 같아. 출발하는 게 좋겠어."

"차茶는?"

"정말로 별로 생각 없네, 알잖나."

사내애들이 침상을 들어 녹색 텐트를 돌아 바위를 따라 내려가서 평원으로 들어섰고, 덤불이 전부 타서 이제 바람에 불씨가 사방으로 흩어지고 있는 가운데 밝게 타오르고 있는 모닥불을 지나 그 작은 비행기로 날랐다. 그를 태우기는 힘들었지만 일단 들어가자 그는 가죽 시트에 등을 기대어, 다리는 콤프턴이 앉는 시트 한쪽으로 꼿꼿하게 뻗을 수 있었다. 콤프턴이 시동을 걸고 올라탔다. 그는 헬렌에게, 사내애들에게 손을 흔들었고, 쿨렁이던 소음이 익숙한 오랜 엔진소리로 바뀌자 그들은 콤피(콤프턴)와 함께 혹멧돼지 홀을 지켜보며 덜컹거리고 부딪기며 그 불길들 사이로 뻗어 있는 공간을 따라 빙 돌았다. 마지막 덜컹거림이 일어나는 가운데 모두들 손을 흔들면서, 아래에 서 있는 것을 그는 보았다. 이제 언덕 옆의 캠프가 평편해졌고, 사냥을 했던 길들이 말라버린 수로로 부드럽게 내달리고 있는 동안, 평원이 펼쳐지고 나무가 뭉쳐지고 관목림이 평편해졌다. 그리고 그가 알지 못했던 새로운 물이 있었다. 그들이 평원을 가로지르는 긴 손가락들처럼 이동할 때 이제 작고 둥근 등만 보이는 얼룩말과, 점들이 기어오르는 것 같은 커다란 머리의 영양들이 그림자처럼 따라오다가 흩어지고 있었다. 이제 그들은 작아졌고 그 움직임은 질주하는 게 아니었으며, 평원은 이제 보이는 데까지 멀리 누런 회색이 되어 있었다. 그리고 앞에는 오랜 친구 콤피의 트위드 등과 갈색 펠트 모자가 있었다. 그때 그들은 첫 번째 언덕을 넘어 영양들이 그들을 추적해오는 가운데, 갑자기 깊어진 녹색 숲과 단단한 대나무 경사지와 함께 산들을 넘었다. 그러고는 다시 정상들과 웅덩이들로 조각난 우거진 숲을 가로질러 언덕들을 미끄러져 내려갔으며 또 다른 평원을 지나, 이제 무덥고, 자줏빛 갈색의 열기로 비행이 순탄치 않아지자 콤피는 그가 잘 타고 있는지 어떤지를 보기 위해 뒤를 돌아보았다. 그때 앞쪽으로 다른 어두운 산들이 나타났다.

그러고 나서 아루샤로 가는 대신에 왼쪽으로 돌았기에, 그는 분명 자신들이 연료를 가진 것이라고 생각했다. 그리고 밑을 내려다보면서 지면 위로 움직이고 있는, 체로 거른 듯한 핑크 구름을 보았고, 공기 속에서 강한 눈보라가 칠 때의 첫눈 같은 것이 어딘가로부터 날아왔는데, 그는 메뚜기떼들이 남쪽으로부터 날아오고 있는 것이라는 걸 깨달았다. 그때 비행기가 날아오르며 동쪽으로 가려는 것처럼 여겨졌는데, 곧 어두워졌고 그들은 폭풍우 속에 있었다. 빗방울은 매우 굵어 마치 폭포를 통과해 나는 것처럼 여겨졌는데, 그곳을 벗어나자 콤피가 머리를 돌려 싱긋 웃으며 손가락으로 가리켰고, 거기, 앞쪽에, 그가 볼 수 있는 전부가, 온 세상처럼 넓고, 거대하고, 높은, 그리고 햇빛 속에서 믿을 수 없이 하얀, 그 킬리만자로의 네모진 정상이 있었다. 그러자 그는 그곳이 자신이 가고 있는 곳이라는 것을 깨달았다.

바로 그때 하이에나가 밤의 어둠 속에서 킁킁거리는 것을 멈추고는 이상한, 거의 인간이 우는 듯한 소리를 내기 시작했다. 여자가 그것을 듣고 불안감으로 마음을 졸였다. 여자는 깨어나지는 않았다. 꿈속에서 그녀는 롱아일랜드 집에 있었는데 딸의 사교계 데뷔 전날 밤이었다. 어쩐 일인지 그 애의 아빠가 거기 있었는데 매우 무례했다. 그때 하이에나가 내는 소리가 너무 컸기에 그녀는 일어나 잠깐 동안 자신이 있는 곳을 깨닫지 못했고 그래서 매우 두려웠다. 그러고 나서 손전등으로 해리가 잠든 후에 그들이 옮겨놓은 다른 침대를 비추었다. 그녀는 모기장 난간 아래로 그의 신체를 볼 수 있었다. 어찌 된 일인지 그는 다리를 밖으로 내놓고 있었는데, 그것은 침대와 나란히 매달려 있었다. 드레싱은 전부 벗겨져 내렸지만 그녀는 그것은 볼 수 없었다.

"몰로," 그녀가 불렀다. "몰로! 몰로!"

그러고는 말했다. "해리, 해리!" 그러고 나서 목소리가 높아졌다. "해리! 제발, 오 해리!"

대답이 없었고 그녀는 그의 숨소리를 들을 수 없었다.

텐트 밖에서는 하이에나가 그녀를 깨웠던 그 이상한 소리를 내고 있었다. 하지만 그녀는 자신의 심장 박동소리 때문에 그것을 들을 수 없었다.

킬러들

The Killers

'헨리네 런치 룸'의 문이 열리고 두 사내가 들어왔다. 그들은 카운터에 앉았다.

　"무엇을 드릴까요?" 조지가 그들에게 물었다.

　"모르겠군," 사내들 중 하나가 말했다. "자넨 뭘 먹겠나, 알?"

　"모르겠어," 알이 말했다. "내가 먹고 싶은 게 뭔지 모르겠어."

　밖에는 어둠이 내려앉고 있었다. 창밖의 가로등이 켜졌다. 두 사내는 카운터에서 메뉴판을 읽었다. 카운터의 다른 쪽 끝에서 닉 아담스가 그들을 지켜보았다. 그는 그들이 들어왔을 때 조지와 대화를 나누고 있었다.

　"난 사과 소스로 구운 돼지 안심과 으깬 감자를 주게." 첫 번째 사내가 말했다.

　"그건 아직 준비가 되지 않았습니다."

"제길 그럼 뭣 땜에 목록에 넣어둔 거야?"

"그건 저녁 메뉴입니다." 조지가 설명했다. "6시에 드실 수 있습니다."

조지가 카운터 뒤편 벽에 걸린 시계를 보았다.

"5시군요."

"시계는 5시 20분을 가리키고 있는데." 두 번째 사내가 말했다.

"20분이 빠릅니다."

"오우, 지랄 같은 시계군." 첫 번째 사내가 말했다. "먹을 게 뭐가 있나?"

"샌드위치는 다 됩니다." 조지가 말했다. "햄 에그와 베이컨 에그, 간⧧ 베이컨이나 스테이크 샌드위치까지요."

"완두콩과 크림 소스 치킨 고로케와 으깬 감자 줘."

"그것도 저녁 메뉴입니다."

"우리가 원하는 건 전부 저녁 메뉴군 응? 이게 자네가 일하는 방식인가?"

"제가 내드릴 수 있는 건 햄 에그, 베이컨 에그, 간…"

"햄 에그 줘." 알이라 불린 사내가 말했다. 그는 더비 해트*와

---

* 정수리가 높고 둥글며 테의 양 옆이 약간 말아 올려진 모자.

가슴까지 단추를 채운 검은 오버코트 차림이었다. 그의 얼굴은 작고 희었으며, 입술을 꽉 다물고 있었다. 그는 실크 머플러와 장갑을 착용하고 있었다.

"나는 베이컨 에그를 주게." 다른 사내가 말했다. 그는 알과 거의 비슷한 체구였다. 그들은 얼굴은 달랐지만, 쌍둥이 같은 차림이었다. 둘 다 오버코트가 지나치게 꽉 끼었다. 그들은 팔꿈치를 카운터에 대고 몸을 앞으로 기울이고 앉아 있었다.

"마실 건 뭐가 있나?" 알이 물었다.

"실버 비어, 비보, 진저-에일*이 있습니다." 조지가 말했다.

"내 말은 술은 없냐는 거야?"

"말씀드린 게 전부입니다."

"핫한 마을이로군." 다른 사내가 말했다. "이곳 이름이 뭔가?"

"서밋입니다."

"자네 들어본 적 있나?" 알이 그의 친구에게 물었다.

"아니." 그 친구가 말했다.

"여기 사람들은 밤에 뭘 할까?" 알이 물었다.

"저녁을 먹지." 그의 친구가 말했다. "전부 여기로 와서 푸짐

*알코올 성분이 없는 음료들. 당시 미국은 금주령시대였음.

한 저녁식사를 하겠지."

"맞습니다." 조지가 말했다.

"그래서 자넨 그게 좋다고 생각하나?" 알이 조지에게 물었다.

"그럼요."

"자네 꽤 총명한 젊은이로군, 그렇지 않아?"

"그럼요." 조지가 말했다.

"글쎄, 아닌 거 같은데." 다른 작은 사내가 말했다. "그래 보여, 알?"

"멍충이야." 알이 말했다. 그는 닉을 돌아보았다. "자넨 이름이 뭔가?"

"아담스."

"또 한 명의 총명한 젊은이로군." 알이 말했다. "이 친구도 총명해 보이지 않나, 맥스?"

"마을이 총명한 젊은이들로 넘쳐나는군." 맥스가 말했다.

조지는 접시 두 개를 카운터에 놓았다. 하나는 햄 에그, 다른 하나는 베이컨 에그 샌드위치였다. 그는 감자 튀김 접시 두 개를 내려놓고 부엌 창구를 닫았다.

"손님 게 어느 거죠?" 그는 알에게 물었다.

"그것도 기억 못 해?"

"햄 에그죠."

"역시 총명한 젊은이야." 맥스가 말했다. 그는 몸을 앞으로 숙이고 햄 에그 샌드위치를 들었다. 두 사내는 장갑을 낀 채로 먹었다. 조지가 그들이 먹는 것을 지켜보았다.

"자네 뭘 보나?" 맥스가 조지에게 물었다.

"아무것도요."

"제길. 날 보고 있었잖아."

"아마 저 친구가 장난을 치려 한 거겠지, 맥스." 알이 말했다.

조지가 웃었다.

"짜식 웃지 마." 맥스가 그에게 말했다. "짜식아 어쨌든 웃지 마, 알겠나?"

"알겠습니다." 조지가 말했다.

"저 친구가 괜찮다고 생각하는 모양인데." 맥스가 알을 돌아보며 말했다. "그래도 괜찮다고 생각하는 거지. 거짓말하는 거야."*

"오, 사상가로군." 알이 말했다. 그들은 먹기를 계속했다.

"저 카운터 끝에 있는 총명한 젊은이 이름이 뭐라고 했더

---

* 같은 'All right'를 두고 말장난을 벌이는 것임.

라?" 알이 맥스에게 물었다.

"헤이, 총명한 친구." 맥스가 닉에게 말했다. "너도 카운터 반대편으로 가서 네 친구와 같이 있어."

"어쩔 생각이시죠?" 닉이 물었다.

"아무 생각 없어."

"들어가는 게 좋아, 총명한 젊은이." 알이 말했다. 닉이 카운터 뒤로 돌아 들어갔다.

"어쩔 생각이시죠?" 조지가 물었다.

"빌어먹을, 묻지 말고." 알이 말했다. "부엌엔 누가 있나?"

"니그로가 있습니다."

"니그로라니 무슨 뜻이야?"

"요리를 맡고 있는 흑인입니다."

"나오라고 말해."

"어쩔 생각이시죠?"

"그에게 나오라고 하라고."

"여기가 어디라고 생각하시나요?"

"빌어먹을, 여기가 어딘지 잘 알아." 맥스라 불린 사내가 말했다. "우리가 바보 같아 보여?"

"바보처럼 말하고 있잖아." 알이 그에게 말했다. "뭣 때문에 자넨 이 어린애와 다투고 있는 건가? 어이." 그가 조지에게 말했다. "깜둥이에게 이리 나오라고 해."

"그에게 무슨 짓을 하려는 거죠?"

"아무 짓도 안 해. 머리를 좀 써봐, 총명한 젊은이. 우리가 깜둥이한테 무슨 짓을 하겠어?"

조지는 뒤편 주방으로 통하는 배출구를 열었다. "샘." 그가 불렀다. "잠깐 이리 나와 볼래."

부엌문이 열리고 흑인이 나왔다. "무슨 일이지?" 그가 물었다.

카운터에 있던 두 사내가 그를 바라보았다.

"괜찮아, 깜둥이. 넌 거기 똑바로 서 있어." 알이 말했다.

흑인 샘은 앞치마를 두른 채 서서, 카운터에 앉아 있는 두 사내를 보았다. "네, 선생님." 그가 말했다. 알이 등받이 없는 의자에서 내려섰다.

"나는 깜둥이와 총명한 젊은이를 데리고 주방으로 돌아갈게." 그가 말했다. "주방으로 돌아가자고, 깜둥이. 너도 같이 가고 총명한 젊은이." 그 작은 남자는 닉과 요리사 샘 뒤를 따라 주방으로 걸어 들어갔다. 문이 그들 뒤에서 닫혔다. 맥스라 불린 사내가 조지 반대편 카운터에 앉았다. 그는 조지를 보는 대신 카운터 뒷벽에 걸려 있는 거울 안을 보았다. 헨리의 런치 룸은 술집을 대중식당으로 개조했던 것이다.

"음, 총명한 젊은이." 맥스가 거울을 들여다보면서 말했다.

"왜 아무 말도 않지?"

"이게 다 무엇 때문이죠?"

"헤이, 알." 맥스가 불렀다. "총명한 젊은이가 이게 다 뭐 때문인지 알고 싶다는데."

"왜 그에게 말해주지 않나?" 알의 목소리가 주방으로부터 들려왔다.

"이게 다 뭐 때문이라고 생각해?"

"저는 모르죠."

"네 생각은 어떤데?"

맥스는 말하는 내내 거울 속을 들여다보고 있었다.

"말하고 싶지 않아요."

"헤이, 알. 총명한 젊은이가 뭐 때문에 이러는 것 같은지에 대한 자기 생각을 말하고 싶지 않다고 하는데."

"알아, 다 들려." 알이 주방으로부터 말했다. 그는 주방에서 음시 접시를 내오는 배식구를 열어서 케첩 병으로 받쳤다. "이봐, 총명한 젊은이." 그가 주방에서 조지에게 말했다. "바에서 좀더 떨어져서 서 있어. 자넨 왼쪽으로 조금만 이동하게 맥스." 그는 단체 사진을 찍기 위해 사람들을 배치하는 사진사처럼 지시했다.

"내게 말해봐, 총명한 젊은이." 맥스가 말했다. "네 생각엔 무슨 일이 일어날 거 같나?"

조지는 아무 말도 하지 않았다.

"내가 말해주지." 맥스가 말했다. "우린 스웨덴 놈 하나를 죽이려는 거야. 너 올레 안드레슨이라는 이름을 가진 덩치 큰 스웨덴 놈 알고 있지?"

"네."

"그자가 매일 밤 여기로 뭘 먹으러 오지 않나?"

"오곤 하죠."

"우린 전부 알고 있어, 총명한 젊은이." 맥스가 말했다. "다른 이야길 해볼까. 영화 보러 가본 적 있나?"

"가끔요."

"좀 더 많이 가봐야겠는데. 영화는 너 같은 총명한 젊은이에게 아주 좋거든."

"무엇 때문에 올레 안드레슨을 죽이려는 건가요? 그가 당신들에게 무슨 짓을 저질렀나요?"

"그가 우리에게 무슨 짓을 할 기회조차 없었어. 우리를 본 적도 없으니까."

"또한 그자는 우리를 딱 한 번 보게 되겠지." 알이 주방에서 말했다.

"그런데 뭣 때문에 그를 죽이려는 거죠?" 조지가 물었다.

"친구를 위해 죽이려는 거야. 그냥 친구 때문에 어쩔 수 없이, 총명한 젊은이."

"입 다물어." 주방에서 알이 말했다. "빌어먹을, 쓸데없는 말을 너무 많이 하고 있잖아."

"음, 난 총명한 젊은이를 계속해서 즐겁게 해주고 있는 건데. 안 그런가, 총명한 젊은이?"

"빌어먹을 말이 너무 많다니까." 알이 말했다. "깜둥이와 내 총명한 젊은이는 그들끼리 즐기고 있어. 내가 놈들을 수녀원의 단짝 계집애들처럼 묶어 두었거든."

"자네가 수녀원에도 있었던 모양이지?"

"그건 알 수 없지."

"유대교도kosher 수녀원에 있었겠지. 자네가 있었던 곳이라면 말야."

조지는 시계를 올려다보았다.

"만약 누군가 들어오면 그들에게 요리사가 안 나왔다고 해. 그래도 계속해서 치근거리면, 네가 가서 해오겠다고 말하고 들어가서 만들어오는 거야. 그렇게 할 수 있지, 총명한 젊은이?"

"그러죠." 조지가 말했다. "이후 우리를 어떻게 하실 거죠?"

"그건 너 하기에 달려 있어." 맥스가 말했다. "지금으로선 전혀 알 수 없는 일들 중에 하나지."

조지가 시계를 올려다보았다. 6시 15분이었다. 거리 쪽의 문이 열렸다. 전차 운전사가 들어왔다.

"안녕, 조지." 그가 말했다. "저녁 좀 먹을 수 있을까?"

"샘이 외출했는데요." 조지가 말했다. "한 30분쯤 후면 돌아올 거예요."

"길거리 위쪽 식당으로 가는 게 좋겠군." 운전사가 말했다. 조지는 시계를 보았다. 6시 20분이었다.

"훌륭했어, 총명한 젊은이." 맥스가 말했다. "자넨 진정한 꼬마 신사로군."

"그는 내가 머리통을 날려버릴 줄 알았던 거지." 알이 주방에서 말했다.

"아니야." 맥스가 말했다. "그게 아니야. 총명한 젊은이는 훌륭해. 그는 훌륭한 젊은이야. 나는 그를 좋아해."

6시 55분에 조지가 말했다. "그는 안 올 겁니다."

두 사람이 런치 룸에 들어왔었다. 한 번은 조지가 주방으로 들어가서 한 남자가 들고 가기를 원했던 햄 에그 샌드위치를 '포장용'으로 만들어왔다. 주방 안에서 조지는 알을 보았는데, 그는 자신의 더비 해트를 뒤로 젖히고, 총신을 짧게 톱

질해 자른 산탄총을 선반 위에 걸쳐놓고, 배식구 옆 스툴*에 앉아 있었다. 닉과 요리사는 각자의 입에 수건으로 재갈이 물린 채 구석에 등을 맞대고 있었다. 조지는 샌드위치를 요리해서, 기름종이에 싼 뒤, 봉투 안에 넣어 들고 나왔고, 그 남자는 돈을 지불하고 밖으로 나갔다.

"총명한 젊은이는 모든 걸 할 수 있구만." 맥스가 말했다. "요리와 모든 걸 다해. 넌 어떤 아가씨라도 훌륭한 아내로 만들 거다. 총명한 젊은이."

"그런가요?" 조지가 말했다. "당신의 친구, 올레 안드레슨은 올 것 같지 않은데요."

"10분만 더 기다려 보지."

맥스는 거울과 시계를 지켜보았다. 시계바늘이 7시를 가리켰고, 곧 7시 5분이 지났다.

"나오게 알." 맥스가 말했다. "가는 게 좋겠어. 그놈은 오지 않겠어."

"5분만 더 기다려보는 게 좋겠어." 알이 주방에서 말했다.

그 5분 동안에 한 남자가 들어왔고, 조지는 요리사가 병이 났다고 둘러댔다.

* 팔걸이와 등받이가 없는 의자임.

"제길 왜 다른 요리사를 구하지 않은 거야?" 남자가 물었다. "식당 안 할 거야?"

그가 가버렸다.

"나오지, 알." 맥스가 말했다.

"두 총명한 젊은이들과 깜둥이는 어떤다지?"

"괜찮을 거야."

"자넨 그렇게 생각하나?"

"그럼. 우리 일은 끝난 거야."

"나는 느낌이 안 좋은데." 알이 말했다. "꺼림칙해. 자네가 너무 말을 많이 했어."

"오, 무슨 헛소리야." 맥스가 말했다. "그냥 즐겁게 하려고 한 건데, 안 그런가?"

"아무리 그래도 너무 많은 말을 했어." 알이 말했다. 그는 주방에서 나왔다. 산탄총의 잘린 총열이 지나치게 꽉 끼는 오버코트의 허리 아래 부분을 불룩하게 만들고 있었다. 그는 장갑 낀 손으로 자신의 코트를 바로 했다.

"잘 있게, 총명한 젊은이." 그가 조지에게 말했다. "자넨 운이 참 좋았어."

"그건 사실이지." 맥스가 말했다. "마권이라도 사보지 그래, 총명한 젊은이."

둘은 문을 나갔다. 조지는 창문을 통해 아크 등 아래를 지나 거리를 가로질러가는 그들을 지켜보았다. 꽉 끼는 외투와 더비 해트 차림의 그들은 보드빌*에 나오는 콤비 같아 보였다. 조지는 스윙 도어를 통해 주방 안으로 돌아가 닉과 요리사를 풀어주었다.

"더 이상 이런 일 당하고 싶지 않아." 요리사 샘이 말했다. "더 이상 이런 일 당하고 싶지 않다고."

닉이 일어섰다. 그는 지금껏 입에 재갈을 물려본 적이 결코 없었다.

"뭐, 이따위 거 갖고 그래." 그가 말했다. 그는 별거 아닌 것처럼 넘기려 했다.

"그들은 올레 안드레슨을 죽이려 했어." 조지가 말했다. "그가 저녁을 먹으러 오면 총으로 쏴 죽이려 했다니까."

"올레 안드레슨을?"

"그래."

요리사가 양 엄지손가락으로 입꼬리를 만졌다.

"그자들은 전부 떠났나?" 그가 물었다.

"응," 조지가 말했다. "그들은 방금 떠났어."

*미국식 버라이어티 쇼를 의미함.

"이런 일 정말 싫어." 요리사가 말했다. "전혀 마음에 안 들어."

"저기." 조지가 닉에게 말했다. "네가 올레 안드레슨을 만나보는 게 좋지 않을까."

"그러지."

"아무 관심도 안 갖는 게 좋을 것 같은데." 요리사 샘이 말했다. "끼어들지 않는 게 좋을 것 같단 말이지."

"원치 않으면 가지 마." 조지가 말했다.

"이런 일에는 어떤 식으로든 엮이지 마." 요리사가 말했다. "끼어들지 말라고."

"나는 그를 보러갈 거야." 닉이 조지에게 말했다. "그가 사는 곳이 어디야?"

요리사가 돌아섰다.

"젊은 친구들은 늘 자신들이 무얼 하고 싶어 하는지 안다니까." 그가 말했다.

"그는 허시네 하숙집에 살아." 조지가 닉에게 말했다.

"그리 가볼게."

바깥은 아크 등 불빛이 헐벗은 가지 사이로 빛나고 있었다. 닉은 전차 선로 옆길을 걸어 올라가다가 다음 아크 등 아래서 옆길로 꺾어들었다. 길에서 세 번째 집이 허시네 하숙집이었다. 닉은 두 계단을 올라 벨을 눌렀다. 한 여성이 문에서 나왔다.

"여기 올레 안드레슨 있나요?"

"그를 만나시게요?"

"예, 안에 있다면요."

닉은 그 여성을 따라 계단을 올라 복도 끝으로 갔다. 그녀가 문을 두드렸다.

"누구요?"

"누가 당신을 찾아왔어요, 안드레슨 씨." 여성이 말했다.

"닉 아담스입니다."

"들어오게."

닉은 문을 열고 방안으로 들어갔다. 올레 안드레슨은 옷을 모두 입은 채 침대에 누워 있었다. 그는 헤비급 챔피언 출신으로 침대에 비해 몸집이 너무 컸다. 그는 베개 두 개에 머리를 대고 누워 있었다. 닉을 바라보지도 않았다.

"무슨 일이오?" 그가 물었다.

"저는 헨리네 식당에 있었어요." 닉이 말했다. "두 놈이 들어와서는 나와 요리사를 묶고, 당신을 죽이기 위해 왔다고 말했어요."

그는 그렇게 말해놓고 나니 자신이 바보처럼 여겨졌다. 올레 안드레슨은 아무 말도 하지 않았다.

"그들은 우리를 주방에 가두었어요," 닉이 계속해서 말했다. "당신이 저녁을 먹으러 오면 총으로 쏴 죽일 참이었어요."

올레 안드레슨은 벽을 바라보며 아무 말도 하지 않았다.

"조지는 내가 가서 이에 대해 당신에게 알려주는 게 좋겠다고 생각했어요."

"내가 그에 대해 할 수 있는 일은 아무것도 없네." 올레 안드레슨이 말했다.

"그들이 어떻게 생겼는지 알려드릴까요."

"나는 그들이 어찌 생겼는지 알고 싶지 않아." 올레 안드레슨이 말했다. 그는 벽을 보았다. "그에 대해 알려주러 와준 건 고맙네."

"천만에요."

닉은 침대 위에 누워 있는 커다란 사내를 바라보았다.

"제가 가서 경찰에 알릴까요?"

"아니," 올레 안드레슨이 말했다. "그건 아무 소용없는 거다."

"제가 할 수 있는 일이 없을까요?"

"없다. 아무것도 없어."

"그냥 허세를 부린 것 같지는 않아요."

"그래. 그냥 허세를 부린 게 아니야."

올레 안드레슨은 벽을 향해 돌아누웠다.

"다만 문제는" 벽을 향해 말하듯, 그가 말했다. "나는 단지 밖에 나갈 마음이 들지 않았다는 거다. 하루 종일 여기 있었어."

"마을을 빠져나갈 수는 없나요?"

"아니," 올레 안드레슨이 말했다. "여기저기 다니는 것도 전부 끝내야겠다."

그는 벽을 바라보았다.

"이제 할 수 있는 게 아무것도 없어."

"무슨 방법이 없을까요?"

"없어. 내가 잘못한 거야." 그는 여전히 낮은 목소리로 말했다. "아무것도 할 수 있는 게 없어. 점차 밖에 나갈 마음이 생기겠지."

"저는 돌아가서 조지에게 알리는 게 좋겠어요." 닉이 말했다.

"잘 가게." 올레 안드레슨이 말했다. 그는 닉 쪽을 보지 않았다. "와줘서 고맙네."

닉은 밖으로 나왔다. 문을 닫으면서 그는 옷을 전부 입은 채 침대에 누워 벽을 바라보고 있는 올레 안드레슨을 보았다.

"그분은 온종일 방안에 있었어요." 여주인이 아래층에서 말했다. "몸이 안 좋은 것 같았지요. 그분에게 '안드레슨 씨, 외출도 좀 하고 이처럼 좋은 가을 날씨에 걷기도 좀 하지 그러세요.' 하고 말했죠. 하지만 그분은 그럴 기분이 아니라 하더군요."

"밖에 나가고 싶지 않은 거겠죠."

"몸이 안 좋아서 안됐어요." 여자가 말했다. "그는 정말 좋은 사람인데. 그분 링에 있었잖아요, 알죠."

"알아요."

"얼굴을 보지 않곤 알 수 있는 방법이 없지." 여자가 말했다. 그들은 현관문 바로 안에 서서 이야기를 나누고 있었다. "그분은 정말 신사다워요."

"그럼요. 좋은 밤 되세요, 허시 아주머니." 닉이 말했다.

"난 허시 아주머니가 아니에요." 여성이 말했다. "그분은 이곳 주인이고, 나는 그분을 위해 이곳을 관리해주는 거지. 나는 벨이에요."

"그렇군요. 좋은 밤 되세요, 벨 아주머니." 닉이 말했다.

"좋은 밤 되요." 여성이 말했다.

닉은 아크 등 아래 길모퉁이로 어두운 길을 걸어갔고, 그러고는 선로를 따라 헨리의 식당으로 갔다. 조지는 카운터 뒤에 있었다.

"올레는 만났어?"

"그래," 닉이 말했다. "그는 지금 방에 있는데, 밖으로 나오려 하지 않아."

요리사가 닉의 목소리를 듣고는 주방 문을 열었다.

"나는 그 일에 대해 들은 바 없다." 그가 말하곤 문을 닫았다.

"그 일에 대해 말했어?" 조지가 물었다.

"그럼. 그에게 말했는데 이미 전부 알고 있더라구."

"어쩔 거래?"

"아무것도."

"그들이 그를 죽일 텐데."

"내 짐작에도 그래."

"그는 틀림없이 시카고에서 어떤 일에 연루되었을 거야."

"나도 그렇게 짐작돼." 닉이 말했다.

"지독한 일이지."

"끔찍한 일이야." 닉이 말했다.

그들은 아무 말도 하지 않았다. 조지가 손을 뻗어 행주를 집어서 카운터를 훔쳤다.

"그는 무슨 일을 저지른 걸까? 궁금하군." 닉이 말했다.

"누군가를 배신했겠지. 그들끼리는 그런 거로 죽이는 거니까."

"나는 이 마을을 떠야겠어." 닉이 말했다.

"그래." 조지가 말했다. "그렇게 하는 게 좋겠다."

"그가 어찌 될지 알면서 방에서 기다리고 있을 걸 생각하면 견딜 수가 없어. 너무 끔찍한 짓이야."

"그래," 조지가 말했다. "너는 그 일에 대해서는 생각 않는 게 좋겠다."

흰 코끼리 같은 산등성이

Hills Like White Elephants

에브로강 계곡 건너편 산등성이는 길고 하얬다. 이편에는 그늘도 나무도 없었고 태양이 내리쬐는 두 철로 사이에 역이 놓여 있었다. 역 옆 가까이에는 건물 그림자가 만들어내는 그늘과 파리가 날아드는 것을 막기 위한, 대나무 구슬을 꿰어 만든 주렴이, 술집 바의 열린 문에 가로질러 걸려 있었다. 미국인과 그와 동행한 젊은 여자가 건물 바깥 그늘 속 테이블에 앉아 있었다. 매우 더운 날씨였고 바르셀로나로부터 오는 급행열차가 40분 내에 올 터였다. 이 환승역에 2분간 머물렀다가 마드리드로 갈 것이다.

"우리 뭐 마실까?" 젊은 여자가 물었다. 그녀는 모자를 벗어서 테이블 위에 올려놓았다.

"정말 덥군." 사내가 말했다.

"맥주 마시자."

"Dos cervezas(맥주 두 병)!" 사내가 주렴 안을 향해 말했다.

"큰 거요?" 한 여성이 문간에서 물었다.

"예, 큰 거 두 잔이요."

그 여성이 맥주 두 잔과 펠트 받침 두 개를 가지고 왔다. 그녀는 테이블에 펠트 받침과 맥주 잔을 내려놓고 사내와 젊은 여자를 바라보았다. 젊은 여자는 산등성이를 건너다보고 있었다. 그것들은 태양 아래 하얗게 빛났고 대지는 갈색으로 메말라 있었다.

"하얀 코끼리처럼 보여." 그녀가 말했다.

"난 전혀 본 적이 없는데." 사내가 자신의 맥주를 마셨다.

"그렇겠지. 당신은 본 적 없었을 거야."

"봤을 수도 있지." 사내가 말했다. "내가 본 적이 없다고 당신이 말한다고 해서 입증되는 건 아니지."

여자가 대나무 구슬 주렴을 바라보았다. "저기 페인트로 뭐라고 쓰여 있네." 그녀가 말했다. "뭐라는 거야?"

"Anis del Toro(아니스 델 토로). 술 이름이야."

"마셔봐도 될까?"

사내가 주렴 속을 향해 "저기요" 하고 불렀다. 여성이 바에서 나왔다.

"4 레알*이에요."

"아니스 델 토로 두 잔 더 주시오."

"물은요?"

"물을 타줄까?"

"모르겠네." 젊은 여자가 말했다. "물 타면 좋은가?"

"괜찮아."

"물을 넣어드릴까요?" 여성이 물었다.

"예, 물 넣어서."

"감초 맛이 나네." 젊은 여자가 말하며 잔을 내려놓았다.

"모든 게 그런 식이지."

"그래." 젊은 여자가 말했다. "모든 게 감초 맛이지. 특히 당신이 그토록 오래 기다렸던 모든 것들, 압생트처럼 말야."

"아, 그건 그만 하지."

"당신이 시작한 거야." 젊은 여자가 말했다. "나는 즐기고 있었어. 좋은 시간을 보내고 있었다고."

"좋아, 노력하자 그리고 좋은 시간을 보내자."

"물론이야. 나는 노력하는 중이었어. 산등성이가 하얀 코끼

* 스페인의 과거 화폐 단위.

리처럼 보인다고 한 거고. 재치 있지 않았어?"

"재치 있었어."

"나는 이 새로운 술을 마셔보고 싶었고. 이게 우리가 할 수 있는 전부 아닌가―뭔가를 보고 새로운 술들을 마셔보는 거?"

"그런 거 같군."

젊은 여자는 건너편 산등성이를 바라보았다.

"아름다운 산들이야." 그녀가 말했다. "실제로 흰 코끼리처럼 보이는 건 아냐. 그냥 나무들 사이로 보이는 표면의 빛깔을 가리킨 거야."

"우리 한잔 더 마실까?"

"그래."

따뜻한 바람이 테이블을 마주한 대나무 구슬 주렴으로 불었다.

"맥주가 차고 좋네." 사내가 말했다.

"훌륭해." 젊은 여자가 말했다.

"정말이지 아주 간단한 수술이야, 지그." 사내가 말했다. "사실은 수술이랄 것도 없지."

여자가 테이블 다리가 놓인 바닥을 바라보았다.

"당신이 개의치 않으려 한다는 것 알아, 지그. 정말 아무것도 아냐. 그냥 공기를 집어넣는 거지."

여자는 어떤 말도 하지 않았다.

"나는 당신과 함께 갈 거고 당신 곁에 항상 머물러 있을 거야. 그들은 단지 공기를 집어넣을 거고 그러고 나면 전부 완벽하게 자연스러워질 거야."

"그럼 그 후에 우린 무엇을 할 수 있을까?"

"그 후에 좋아질 거야. 이전처럼 똑같이."

"어떻게 그럴 수 있을 거라고 생각하지?"

"그게 우리를 괴롭히는 유일한 거니까. 그게 우리를 불행하게 만드는 유일한 거니까."

젊은 여자는 대나무 발을 쳐다보다가, 손을 뻗어 주렴 두 가닥을 잡아보았다.

"그럼 당신은 그러고 나면 우리가 전부 좋아지고 행복해질 거라 생각하는 거네."

"그렇게 되리라는 걸 알아. 당신 두려워해서는 안 돼. 그렇게 한 사람들을 나는 많이 알고 있어."

"나도 그래." 여자가 말했다. "그리고 그 후 그들은 모두 너무나 행복해졌지."

"그래." 사내가 말했다. "만약 당신이 원하지 않는다면 꼭 해야 할 필요는 없어. 당신이 원하지 않았다면 나는 하지 않왔을 거야. 하지만 나는 이게 아주 단순한 일이라는 걸 알아."

"그런데 당신 정말로 원하는 거야?"

"그게 최선이라고 생각해. 하지만 당신이 정말 원치 않는다면 하지 않길 바라."

"그런데 내가 그걸 하면 당신은 행복해지고 모든 상황들이 예전처럼 되어 당신은 나를 사랑하게 되는 거야?"

"나는 지금도 당신을 사랑해. 알잖아 내가 당신을 사랑하는 거."

"알아. 하지만 만약 내가 그걸 하면, 그때는 내가 저것들이 흰 코끼리 같다고 하면 다시 멋지다고 말하며, 당신도 좋아할 건가?"

"사랑할 거야. 나는 지금도 그런 당신을 사랑하지만 단지 그에 관해서는 생각할 수 없기 때문이야. 알잖아 내가 걱정할 때는 어떻다는 걸."

"내가 그걸 하면 당신 전혀 걱정되지 않아?"

"그에 대해서는 걱정하지 않아. 그건 너무나 간단한 거니까."

"그럼 그걸 할게. 왜냐하면 나에 대해서는 걱정하지 않으니까."

"무슨 뜻이지?"

"나에 대해서는 걱정하지 않는다고."

"무슨, 나는 당신이 걱정돼."

"아, 그래. 하지만 나는 나에 대해서는 걱정하지 않아. 그리고 그걸 할 거고 그러고 나면 모든 게 좋아질 거니까."

"나는 당신이 그런 식으로 느껴서 하는 건 원치 않아."

젊은 여자는 일어서 역사 끝으로 걸어갔다. 저쪽, 반대편으로, 곡물 밭과 에브로강 둑을 따라 나무들이 있었다. 저 멀리, 강 뒤로, 산들이 있었다. 구름이 드리운 그림자가 곡물 밭을 가로질러 움직이고 그녀는 나무들 사이로 강을 보았다.

"그리고 우리는 이 모든 걸 가질 수 있었어." 그녀가 말했다. "또한 모든 걸 가질 수 있었지만 우리는 날마다 그것을 더 불가능하게 만들었지."

"무슨 말을 하고 있는 거지?"

"우리가 모든 걸 가질 수 있었다고 했어."

"우리는 모든 걸 가질 수 있어."

"아니, 우리는 그럴 수 없어."

"우리는 세상 전부를 가질 수 있어."

"아니, 우리는 그럴 수 없어."

"우리는 어디에든 갈 수 있어."

"아니, 우리는 갈 수 없어. 그건 더 이상 우리 게 아니야."

"우리 거야."

"아니, 그건 아냐. 그리고 한번 빼앗기면 절대 돌려받을 수 없어."

"하지만 그걸 빼앗긴 게 아니야."

"두고 보자고."

"그늘 안으로 돌아와," 그가 말했다. "그런 식으로 생각하지 마."

"나는 어떤 식으로 생각하는 게 아냐." 여자가 말했다. "나는 그냥 상황을 아는 거야."

"나는 당신이 하고 싶지 않은 거면—어떤 것도 하는 걸 원치 않아."

"내게도 좋지 않은 일이지만," 그녀가 말했다. "알아. 우리 맥주나 한 잔 더할까?"

"그래. 하지만 당신이 알고 있어야 하는 건—"

"알아." 여자가 말했다. "우리 얘기는 그만할 수 없을까?"

그들은 테이블에 앉았다. 여자는 계곡의 메마른 반대편 산들을 바라보았고 사내는 그녀와 테이블을 보았다.

"당신이 알고 있어야 하는 건," 그가 말했다. "당신이 원치 않으면 나는 당신이 하지 않았으면 한다는 거야. 그것이 당신에게 의미가 있다면 나는 기꺼이 그것을 함께 해낼 거야."

"그게 당신에겐 아무 의미가 없다는 건가? 우린 잘 해낼 수 있을지도 몰라."

"물론 해낼 수 있어. 하지만 나는 당신 외엔 다른 누구도 원치 않아. 나는 또 다른 사람을 원치 않는다고. 그리고 나는 그게 더할 나위 없이 간단하다는 것도 알고."

"그래, 당신은 그게 더할 나위 없이 간단한 일이라는 걸 알지."

"당신이 그렇게 말하는 것도 옳아. 하지만 나는 아주 잘 알지."

"됐으니 이제 저를 위해 뭔가 해주실 수 있으시겠어요?"

"당신을 위해서라면 뭐든 할게."

"제발 제발 제발 제발 제발 제발, 말 좀 그만해 주실래요?"

그는 잠자코 역 건물 벽에 기대놓은 가방을 바라보았다. 거기엔 그들이 밤을 보냈던 모든 호텔들의 라벨이 붙어 있었다.

"하지만 당신이 싫으면 나도 원치 않아." 그가 말했다. "나는 아무래도 상관없어."

"나 소리 지를 거야." 젊은 여자가 말했다.

여자가 맥주 두 잔을 들고 주렴을 통해 나와서 축축한 펠트 받침 위에 잔을 놓았다. "기차가 5분 안에 올 거예요." 그녀가 말했다.

"뭐라는 거지?" 젊은 여자가 물었다.

"기차가 5분 안에 온다는군."

젊은 여자가 고맙다는 듯 그녀에게 밝게 웃어보였다.

"가방을 역 건너편으로 옮겨두는 게 좋겠군." 사내가 말했다. 그녀가 그에게 웃어보였다.

"그래. 그럼 갔다 와서 맥주를 마셔."

그는 두 개의 무거운 가방을 들고 역을 돌아 다른 선로로 옮겼다. 선로를 바라보았지만 기차는 볼 수 없었다. 돌아오면서, 그는 사람들이 기차를 기다리면서 술을 마시고 있는 술집 안을 거쳤다. 그는 바에서 아니스를 마시며 사람들을 보았다. 그들은 모두 적당히 기차를 기다리고 있었다. 그는 대나무 주렴을 통과해 밖으로 나왔다. 그녀가 테이블에 앉아 있다가 그에게 웃음을 지어보였다.

"당신 기분이 나아진 건가?" 그가 물었다.

"나는 좋아." 그녀가 말했다. "내게 나쁠 건 아무것도 없잖아. 나는 좋아."

미시간 북부에서

Up in Michigan*

짐 길모어는 캐나다에서 호턴스베이Hortons Bay로 왔다. 그는 호턴 노인으로부터 대장간을 샀다. 짐은 키가 작고 덥수룩한 콧수염과 큰 손에 거무스름했다. 그는 훌륭한 편자쟁이였지만 심지어 가죽 앞치마를 두르고 있어도 그다지 대장장이처럼 보이지는 않았다. 그는 대장간 위층에서 생활하며 끼니는 D. J 스미스의 집에서 해결했다.

리즈 코츠는 스미스의 집에서 일했다. 아주 호방하고 청결한 여인인 스미스 부인은 리즈 코츠를 그녀가 지금껏 보아온 중에 가장 단정한 아가씨라고 말했다. 리즈는 늘씬한 다리를 가졌고 항상 깨끗한 체크무늬 앞치마를 둘렀으며 짐은 그녀의 머리칼이 늘 단정히 뒤로 넘어가 있는 것을 알아챘다. 그는 그녀의 얼굴이 밝고 명랑해서 좋아했지만 결코 그녀에 관해 달리 생각했던 것은 아니었다.

리즈는 짐이 정말로 마음에 들었다. 그녀는 그가 대장간에서 걸어 올라오는 방식을 좋아해서 길 아래서 오기 시작하는 그를 지켜보기 위해 종종 부엌문으로 갔다. 그녀는 그의 콧수염이 마음에 들었다. 그녀는 그가 웃을 때 드러내는 그의 하얀 이에 대해서도 마음에 들어 했다. 그가 대장장이처럼 보이지 않는 것도 정말이지 마음에 들었다. 그녀는 스미스 씨와 스미스 아주머니가 짐을 많이 좋아하는 것도 마음에 들었다. 어느 날 그녀는 그가 그 집 바깥의 세면대에서 씻을 때 드러난 팔 위로 검게 자라난 털과 그것들이 햇볕에 그을린 살갗 위에서 하얀 상태로 있는 것조차 마음에 들어 한다는 것을 알았다. 그런 것까지 좋아하는 그녀의 감정이 우스꽝스럽게 여겨졌다.

호턴스베이 시내에는 보인시티Boyne City와 샤를부아Charlevoix 사이 중심가에 단지 다섯 가구가 있었다. 높고 과장된 외관에 앞쪽에다 짐마차 한 대를 매어두곤 하는 일반 가게 겸 우체국이 있었고, 스미스의 집, 스트라우스의 집, 딜워스의 집, 호턴의 집과 반후젠의 집이 있었다. 그 집들은 커다란 느릅나무 숲 안에 있었고 길은 온통 모래였다. 그 길 위쪽으로는 제가기 농경지와 산림지가 있었다. 그 길 위쪽으로는 감리교회가 있었고 그 길 아래 다른 방향으로는 읍내 학교가 있었다. 그 대장간은 붉게 칠해져서 학교에 면해 있었다.

비탈진 모래 길은 산림지를 통해 만을 향해 언덕을 뻗어 내려갔다. 스미스의 집 뒷문 쪽에서 사람들은 호수와 건너편 만으로 뻗어내려간 숲을 내다볼 수 있었다. 봄과 여름이면 그 푸르고 밝은 만과 샤를부아와 미시간호로부터 부는 산들 바람에 곶 너머의 호수 위로 보통 흰 물결이 일어 매우 아름 다웠다. 스미스의 집 뒷문으로 리즈는 호수 안에서 광석 바지 선들이 보인시티를 향해 빠져나가는 것을 볼 수 있었다. 무심 히 볼 때는 전혀 움직임이 없는 듯 여겨지지만 그녀가 들어가 몇 개의 접시를 말리고 나서 다시 나가 보면 그것들은 저 너 머 보이지 않는 지점까지 가 있곤 했다.

리즈는 이제 항상 짐 길모어에 대해서만 생각하고 있었 다. 그는 그녀를 크게 신경 쓰는 것처럼 여겨지지 않았다. 그 는 D. J. 스미스에게 가게에 관해, 공화당에 관해 그리고 제임 스 G. 블레인*에 관해서 이야기했다. 저녁이면 그는 앞 방의 램프 불빛으로 《톨레도 블레이드》와 《그랜드 래피즈 신문》 을 읽거나 잭라이트를 들고 D. J. 스미스와 함께 만으로 낚시 질을 나갔다. 가을에 그와 스미스와 찰리 와이먼은 짐마차를

*공화당 조직에 큰 역할을 한 미국의 정치가.

Ernest Hemingway

타고 텐트와 먹거리, 도끼들, 그들의 엽총과 두 마리 개를 데리고 밴더빌트 너머 소나무 평원으로 사슴 사냥 여행을 떠났다. 리즈와 스미스 부인은 그들이 떠나기 전에 그들을 위한 사흘치의 음식을 요리했다. 리즈는 짐을 위해 그가 먹을 특별한 어떤 것을 만들고 싶었지만 끝내 하지 못했다. 그녀는 스미스 부인에게 계란과 밀가루를 요청하는 게 두려웠고 만약 그것들을 그녀가 산다 해도 스미스 부인에게 자신이 요리하는 게 들킬까 두려웠기 때문이다. 스미스 부인에게는 괜찮았지만 리즈는 두려웠다.

짐이 사슴 사냥 여행을 떠나 있는 그 시간 내내 리즈는 그에 대해 생각했다. 그가 떠나 있는 동안이 끔찍했다. 그녀는 그에 대해 생각하느라 제대로 잠들 수조차 없었지만 그에 대해 생각하는 것이 또한 즐거운 일이라는 걸 알았다. 되는 대로 내버려둘 수 있다면 그건 좋은 일이었다. 그들이 돌아오기 전날 밤 그녀는 결코 잠들 수 없었는데, 꿈속에서 자고 있지 않은 것과 실제로 자고 있지 않은 것이 전부 뒤섞였기 때문에 그녀는 잠을 잤다고 생각할 수도 없었다. 짐마차가 길을 내려오고 있는 것을 보았을 때 그녀는 속으로 아스라한 아픔 같은 것을 느꼈다. 그녀는 짐을 보기 전까지 기다릴 수 없었고 그가 오는 걸 보면 모든 것이 괜찮아질 것만 같았다. 짐마차는 바깥의 커다란 느릅나무 아래 멈추었고 스미스 부인과 리즈는 밖으로 나갔다. 남자들 모두 수염이 텁수룩했고 짐마차 뒤 한 칸 끝에는 가느다란 다리를 뻣뻣하게 뻗은 세 마리 사슴이 실려 있었다. 스미스 부인은 D. J.에게 키스했고 그는 그녀를 끌어안았다. 짐은 말했다. "안녕, 리즈." 그리고 씩 웃었다. 리즈는 짐이 돌아왔을 때 무슨 일인지는 모르겠지만 무언가 일어나리라고 믿었었다. 그런데 아무 일도 일어나지 않았다. 남자들은 단지 집에 왔고, 그게 전부였다. 짐은 사슴에게서 삼베자루를 벗겨냈고 리즈는 그것들을 보았다. 한 마리는 커다란 수컷이었다. 그것은 뻣뻣했고 마차에서 끄집어내기에는 힘이 들었다.

"당신이 잡았나요, 짐?" 리즈가 물었다.

"응. 멋지지 않아?" 그는 그것을 훈제소로 나르기 위해 등에 짊어졌다.

그날 밤 찰리 와이먼은 스미스의 집에서 저녁을 먹기 위해 머물렀다. 샤를부아로 돌아가기에는 너무 늦었던 것이다. 남자들은 씻고 앞 방에서 저녁을 먹기 위해 기다렸다.

"단지 안에 좀 남아 있지 않던가, 지미?" D. J. 스미스가 물었고, 짐이 헛간의 마차로 나가 남자들이 사냥을 나갈 때 가지고 갔던 위스키 항아리를 가지고 돌아왔다. 그것은 4갤론들이 항아리였는데 거의 바닥에서 이리저리 출렁이고 있었다. 짐은 안으로 돌아오는 길에 길게 한 모금을 들이켰다. 그렇게 큰 항아리를 마시려 들어올리기는 힘들었다. 얼마간의 위스키가 그의 셔츠 앞으로 흘러내렸다. 두 남자는 짐이 그 항아리를 가지고 왔을 때 웃었다. D. J. 스미스가 잔들을 가져오라 말했고 리즈가 그것들을 날라왔다. D. J. 스미스는 커다란 잔 세 개에 따랐다.

"자, D. J. 당신을 위해 건배." 찰리 와이먼이 말했다.

"빌어먹게 큰 수놈을 위해, 건배 지미." D. J.가 말했다.

"우리가 놓쳐버린 모든 녀석들을 위해, 건배 D. J." 짐이 말하며 그의 술을 삼켰다.

"사내에겐 기가 막힌 맛이지."

"어찌 되었건 이 계절에 이같이 좋은 건 아무것도 없지."

"한잔 더 어떤가, 사내들?"

"어떠냐니요. D. J. 마셔야죠."

"마시게, 사내들."

"내년을 위해 건배."

짐은 기분이 고조되기 시작했다. 그는 위스키의 맛과 느낌을 사랑했다. 그는 안락한 잠자리와 따뜻한 음식이 있는 자신의 대장간으로 돌아온 게 기뻤다. 그는 또 한 잔을 마셨다.

남자들은 들뜬 상태였지만 매우 점잖게 저녁을 먹기 위해 들어갔다. 리즈는 음식을 차려준 후에 식탁에 앉았고 그 가족들과 함께 먹었다. 훌륭한 저녁이었다. 남자들은 엄청나게 먹었다. 저녁식사 후에 그들은 다시 앞 방으로 들어갔고 리즈는 스미스 부인과 함께 그것을 치웠다. 그러고는 스미스 부인이 위층으로 올라갔고 곧 스미스가 나와서는 역시 위층으로 올라갔다. 짐과 찰리는 아직 앞 방에 있었다. 리즈는 부엌에서 책 한 권을 읽는 체하며 짐에 대해 생각하면서 난로 가까이 앉아 있는 중이었다. 그녀는 짐이 나올 거라는 걸 알고 있었기에 아직 잠자리로 가고 싶지 않았다. 자신을 올려다보는 그의 모습을 잠자리로 함께 가져갈 수 있었기에 그녀는 나갈 때의 그를 보길 원했던 것이다.

그녀가 그에 관해 열심히 생각하고 있는 그때 짐이 나왔다. 그의 눈은 반짝였고 머리는 조금 헝클어져 있었다. 리즈는 그녀의 책을 내려다보았다. 짐이 그녀의 의자 뒤로 건너오더니 거기에 섰고 그녀는 숨을 쉬고 있는 그를 느꼈다. 그때 그가 팔을 그녀에게 둘렀다. 그녀의 가슴은 풍만하고 단단하게 느껴졌고 젖꼭지는 그의 팔 아래서 곤두섰다. 누구도 이전에 그녀를 만진 사람이 없었기에 리즈는 몹시 놀랐지만, 그녀는 생각했다. '그가 마침내 내게 온 거야. 그는 진짜로 온 거야.'

그녀는 너무 두려워서 스스로 뻣뻣해졌고 어찌해야 할지를 몰랐는데 그때 짐이 그녀를 의자에 대고 꼼짝 못 하게 하고는 그녀에게 키스했다. 그것은 너무 날카롭고, 아프고, 상처를 내는 느낌이어서 참기 힘들었다. 그녀는 의자 등을 통해 바로 짐을 느꼈고 그것을 참을 수 없었다. 그때 무언가가 그녀의 내면을 눌렀는데 그 느낌은 더없이 따뜻하고 부드러웠다. 짐은 의자에 대고 그녀를 강력히 묶어놓았다. 그녀는 이제 그것이 싫지만은 않았는데 짐이 속삭였다. "산책하러 가자."

리즈는 부엌 벽의 못에서 코트를 벗겨 들었고 그들은 문을 나섰다. 짐이 그의 팔을 그녀에게 둘러 조금 걷다가는 멈추어 서서 서로가 서로를 밀어붙였고, 짐이 그녀에게 키스했다. 달은 없었고 그들은 나무숲을 통과해 만 위의 선창과 헛간까지 발목이 빠지는 모랫길을 걸었다. 물이 말뚝까지 철썩이고 있는 곳은 만 건너편까지 어두웠다. 추웠지만 리즈는 짐이 함께 있는 것만으로도 온몸이 후끈거렸다. 그들은 창고의 몸을 숨길 만한 곳에 앉았다. 짐은 리즈를 가까이로 끌어당겼다. 그녀는 두려웠다. 짐의 손 하나가 그녀의 옷 속으로 들어와 그녀의 가슴을 쓰다듬었고 다른 한 손은 그녀의 무릎 안에 있었다. 그녀는 너무 두려웠고 그가 어떻게 하려는 것인지 알 수 없었지만 그를 가까이 끌어안았다. 그때 그녀의 무릎 안에서 그렇게 크게 느껴지던 손이 무릎 위에서 위로 움직이기 시작했다.

"하지 마, 짐." 리즈가 말했다. 짐은 그 손을 더 위로 미끄러뜨렸다.

"이러면 안 돼, 짐. 이러면 안 돼." 짐도, 짐의 큰 손도 그녀의 말에 어떤 주의도 기울이지 않았다.

판자들은 딱딱했다. 짐은 그녀의 옷을 끌어올려 그녀에게 뭔가 하려고 애쓰고 있었다. 그녀는 두려웠지만 그것이 싫지 않았다. 그것을 해야만 했지만 두려운 일이기도 했다.

"그러면 안 돼, 짐. 그러면 안 돼."

"할 거야. 난 할 거야. 알잖아, 우린 해야 해."

"아니야, 우리 하면 안 돼. 해서는 안 돼. 아, 이건 옳지 않아. 아, 너무 커서 너무 아파. 하지 마. 아, 짐. 짐. 아."

선창의 솔송나무 널빤지는 딱딱하고 꺼칠하고 차가웠으며 짐은 그녀에게 무거웠고 상처를 입혔다. 리즈는 그를 밀어냈는데, 너무 고통스럽고 갑갑했다. 짐은 잠들어 있었다. 그는 움직일 것 같지 않았다. 그녀는 그의 밑에서 빠져나와 앉아서는 치마와 코트를 바로 하며 머리를 비롯해 무엇이든 매만지려 애썼다. 짐은 입을 약간 벌리고 잠들어 있었다. 리즈는 몸을 기울여 그의 뺨에 키스했다. 그는 여전히 자고 있었다. 그녀는 그의 머리를 약간 들어올려서 흔들었다. 그는 머리를 떨구더니 침을 삼켰다. 리즈는 울기 시작했다. 그녀는 선창의 가장자리까지 걸어가서 물을 내려다보았다. 만으로부터 안개가 올라오고 있었다. 그녀는 추웠고 비참했으며 모든 것이 사라진 느낌이었다. 그녀는 짐이 누워 있는 곳으로 걸어 돌아왔고 한 번 더 확실하게 그를 흔들었다. 그녀는 울고 있었다.

"짐." 그녀가 말했다. "짐, 제발, 짐."

짐은 꿈쩍이다가 좀더 단단하게 웅크렸다. 리즈는 그녀의 코트를 벗어 몸을 기울여 그를 덮어주었다. 그를 두르며 깔끔하고 주의 깊게 감쌌다. 그러고는 선창을 가로질러 걸었고 잠자리로 가기 위해 모래 길 위로 올라왔다. 차가운 안개가 만으로부터 나무숲을 통과해 올라오고 있었다.

혁명가

The Revolutionist

1919년, 그는 당의 본부로부터 발급된 지워지지 않는 필기구로 쓰여진 네모난 방수천 조각을 지니고, 부다페스트 공산 치하에서 몹시 고통받았던 동지가 여기 있다며 어떤 식으로든 자신을 도와달라고 동지들에게 요청하면서 기차로 이탈리아를 여행하는 중이었다. 그는 기차표 대신 이것을 사용했다. 그는 몹시 소심하고 무척 어려서 기차 승무원은 그를 이 승무원에서 저 승무원으로 인계했다. 그는 돈이 없었다. 그래서 그들은 철도 식당 칸 카운터 뒤쪽에서 그에게 먹을 것을 주었다.

　　그는 이탈리아에 있는 것을 아주 즐거워했다. 아름다운 나라예요,라고 그는 말했다. 사람들이 모두 친절해요. 그는 많은 도시에서 지냈고, 많이 걸었으며, 많은 그림들을 보았다. 조토Giotto, 마사치오Masaccio, 그리고 피에로 델라프란체스카

Piero della Francesca 복제품을 샀고 그것들을 아반티Avanti* 한 장에 싸서 들고 다녔다. 만테냐Mantegna**는 좋아하지 않았다.

그가 볼로냐에 있다고 보고되었고, 나는 한 남자를 만나기 위해 가야 할 필요가 있던 로마냐에 그를 데리고 들어갔다. 우리는 함께 즐거운 여행을 했다. 9월 초순이었고 그 나라는 쾌적했다. 그는 매우 착하고 수줍음이 많은 마자르Magyar*** 소년이었다. 호르티Horthy의 부하들은 그에게 못된 짓을 했다. 그는 그에 대해 얼마간 이야기했다. 헝가리인임에도 불구하고, 그는 전적으로 세계의 혁명을 믿었다.

"그런데 이탈리아의 움직임은 어떻나요?" 그가 물었다.

"매우 안 좋네." 나는 말했다.

"그렇지만 좋아질 거예요." 그가 말했다. "모든 것이 여기 달려 있어요. 모든 사람들이 확신하는 유일한 나라죠. 모든 것의 출발점이 될 거예요." 나는 아무 말도 하지 않았다.

볼로냐에서 그는 우리에게 작별인사를 하고 밀라노까지 기차로 가서는 아오스타에서 스위스까지 고개를 넘어 걸어서 갔다. 나는 밀라노의 만테냐 작품들에 대해 이야기했다. "아

*이탈리아어로 '전진'이라는 뜻. 당시 밀라노에서 발행되던 중도좌파 성향의 사회당(PSI) 기관지임.

**동판화가임.

***헝가리임.

뇨." 그는 매우 수줍게, 만테냐는 좋아하지 않는다고 말했다. 나는 밀라노에서 먹을 것을 제공해 줄 곳과 동지들의 주소를 적어 주었다. 그는 내게 매우 고마워했지만, 그의 마음은 이미 걸어서 국경을 넘어가는 일에 고무되어 있었다. 그는 좋은 날씨 속에서 걸어서 국경을 넘어가기를 간절히 고대했다. 그는 가을 산을 좋아했다.

내가 그에 대해 마지막으로 들은 것은 스위스가 그를 시온 Sion 근처 감옥에 가두었다는 것이었다.

빗속의 고양이

Cat in the Rain

그 호텔에 머물고 있는 미국인은 두 명뿐이었다. 그들은 자신들의 방을 드나드는 길에 계단에서 지나치는 사람들 누구도 알지 못했다. 그들의 방은 바다를 면한 2층에 있었다. 또한 공공 정원과 '전쟁 기념비'를 마주보고 있었다. 공공 정원에는 커다란 야자수와 녹색 벤치가 있었다. 좋은 날씨에는 언제나 이젤을 펼친 화가 한 명이 있었다. 화가들은 야자수들이 늘어진 길과 정원과 바다를 면하고 있는 호텔의 밝은 색상을 좋아했다. 이탈리아인들은 그 전쟁 기념비를 방문하기 위해 먼 길을 찾아오곤 했다. 청동으로 제작된 그것은 빗속에서 반짝였다. 비가 내리고 있었다. 야자수들에서 빗물이 떨어졌다. 자갈길 웅덩이에 물이 고였다. 바다는 빗속에서 길게 줄을 이뤄 부서졌고 해변으로 올랐다가 뒤로 미끄러져 내려갔다가는 다시 빗속에서 길게 줄을 이뤄 부서졌다. 자동차들

Ernest Hemingway

114

이 전쟁 기념비 옆 광장을 떠나갔다. 광장 건너편 카페 출입문 안에서 웨이터 한 명이 빈 광장을 내다보며 서 있었다.

미국인 아내가 창밖을 내다보며 서 있었다. 창밖 바로 아래서 고양이 한 마리가 빗물이 떨어지고 있는 녹색 테이블들 중 하나 밑에서 웅크리고 있었다. 고양이는 떨어지는 빗방울에 닿지 않을 만큼 자신을 작게 만들려 애쓰고 있었다.

"내려가서 저 새끼 고양이를 데려와야겠어," 미국인 아내가 말했다.

"내가 할게," 그녀의 남편이 침대에서 말했다.

"아니야, 내가 데려올게. 가엾은 새끼 고양이가 테이블 아래서 젖지 않으려 애쓰고 있는 중이야."

남편은 침대 발치에 베개 두 개를 괴고 누운 채, 책을 읽는 중이었다.

"비 맞지 마," 그가 말했다.

아내가 아래층으로 내려가자 호텔 주인이 서 있다가 그녀가 사무실을 지날 때 머리를 숙여보였다. 그의 책상은 사무실 저 끝 쪽에 있었다. 그는 나이가 많은 사람으로 키가 매우 컸다.

"Il piove(비가 내려요)." 그녀가 말했다. 그녀는 그 호텔 운영자를 좋아했다.

"Sì, sì, Signera, brutto tempo(예, 예, 부인, 궂은 날씨입니다)."

그는 어둑한 방 안 저 끝에 있는 책상 뒤에 서 있었다.

아내는 그를 좋아했다. 어떤 불평에도 과할 정도로 진지하게 임하는 방식이 좋았다. 그의 긍지를 좋아했다. 성심을 다해 응대하려는 그 자세가 좋았다. 그가 한 호텔 운영자의 존재로서 느끼는 그 태도를 좋아했다. 그의 나이든, 진중한 얼굴과 큰 손이 좋았다.

여전히 그에게 호감을 느끼며 그녀가 문을 열고 내다보았다. 빗줄기가 더 굵어졌다. 고무 망토를 두른 사내 하나가 카페를 향해 텅 빈 광장을 가로질러 가고 있었다. 고양이는 오른쪽으로 돌아가면 있을 터였다. 아마 처마 밑으로 가면 갈 수 있을 것이다. 그녀가 문간에 서 있을 때 우산 하나가 그녀의 뒤에서 펼쳐졌다. 그들 방을 관리해주는 여직원이었다.

"비에 젖으면 안 되세요." 그녀가 이탈리아어로 말하며 웃었다. 물론, 그 호텔 운영자가 보낸 것이다.

위로 우산을 받쳐 든 여직원과 함께 그녀는 자갈길을 따라 자기 방 창문 아래까지 걸었다. 그 테이블은 거기, 빗속에서 선명한 녹색으로 젖어 있었지만, 고양이는 떠나고 없었다. 그녀는 갑자기 실망했다. 여직원이 그녀를 올려보았다.

"Ha perduto qualche cosa, Signera(혹시 뭘 잃어버리셨나요, 부인)?"

"고양이 한 마리가 있었어요." 미국인 여자가 말했다.

"고양이요?"

"Si, il gatto(네, 고양이요)."

"고양이요?" 여직원이 웃었다. "빗속에 고양이가요?"

"그래요." 그녀가 말했다. "테이블 아래." 그러고는, "아, 너무나 갖고 싶었는데. 새끼 고양이를 갖고 싶었어요."

그녀가 영어로 말했을 때 여직원의 얼굴이 긴장으로 굳어졌다.

"가시죠, 부인." 그녀가 말했다. "안으로 돌아가야만 해요. 비에 젖으시겠어요."

"그래야겠죠." 미국인 여자가 말했다.

그들은 자갈길을 따라 돌아가서는 문을 통과했다. 여직원은 우산을 접기 위해 밖에 머물렀다. 미국인 여자가 사무실을 지날 때, 그 주인이 책상에서 머리를 숙여 인사했다. 무언가 아주 작고 꽉 찬 어떤 것이 여자의 내면에 느껴졌다. 그 주인은 그녀가 매우 하찮으면서도 동시에 중요하다고 느끼게 만들었다. 순간적으로 그녀는 자신이 최고로 중요한 존재라는 느낌이 들었다. 그녀는 계단을 밟아 올라갔다. 그녀는 객실 문을 열었다. 조지가 책을 읽으며 침대 위에 있었다.

"고양이는 데려왔어?" 그가 책을 내려놓으며 물었다.

"떠나고 없었어."

"어디로 갔는지 궁금하군." 그가 책읽기로부터 눈을 쉬면서 말했다.

그녀는 침대 위에 앉았다.

"너무나 갖고 싶었는데." 그녀가 말했다. "내가 왜 그걸 그렇게나 갖고 싶어 했는지 모르겠어. 그 가엾은 새끼 고양이를. 아무튼 빗속에 가엾은 새끼 고양이가 되는 건 전혀 즐거운 일이 아니지."

조지는 다시 책을 읽는 중이었다.

그녀는 침대를 떠나 화장대 거울 앞에 앉아 손거울로 자신을 바라보았다. 그녀는 자신의 옆모습을 살폈다. 먼저 한쪽을 그러고는 다른 쪽을. 그리고 나서 머리와 목뒤를 살폈다.

"나 머리가 자라도록 놔두는 게 나을 것 같지 않아?" 그녀가 다시 자신의 옆모습을 보면서 물었다.

조지는 시선을 들어 그녀의 목뒤를 보았다. 사내애처럼 머리칼이 바짝 잘려 있는.

"나는 그 방식이 마음에 드는데."

"나는 너무 질렸어." 그녀가 말했다. "사내애처럼 보이는 것도 너무 질렸고."

조지는 침대에서 자세를 바꿨다. 그는 그녀가 말을 시작한 뒤로 그녀로부터 눈을 뗀 적이 없었다.

"꽤 멋져 보이는데." 그가 말했다.

그녀는 화장대 위에 거울을 내려놓고 창으로 가서는 밖을 내다보았다. 어둠이 내리고 있었다.

"머리를 뒤로 팽팽하고 윤이 나게 당겨서 뒤로 큰 매듭을 짓고 싶어, 내가 느낄 수 있게." 그녀가 말했다. "내가 쓰다듬을 때 무릎 위에 앉아 가르랑거리는 새끼 고양이를 갖고 싶어."

"정말이야?" 조지가 침대에서 말했다.

"그리고 식탁에서 나만의 은식기로 밥을 먹고 싶고 촛불을 갖고 싶어. 또 봄이면 좋겠고 거울 앞에서 머리를 빗고 싶고, 고양이가 갖고 싶고 새 옷이 있었으면 좋겠어."

"아, 입 좀 다물고 뭐라도 좀 읽지 그래." 조지가 말했다. 그는 다시 책을 읽고 있었다.

그의 아내는 창밖을 내다보고 있었다. 이제 꽤 어두워졌고 여전히 야자수 나무에서 빗물이 떨어지고 있었다.

"어쨌든, 나는 고양이를 원해." 그녀가 말했다. "고양이를 원해. 이제 고양이를 원한다구. 내가 긴 머리칼이나 다른 재미를 가질 수 없다면, 고양이쯤은 가져도 되잖아."

조지는 듣고 있지 않았다. 그는 책을 읽고 있었다. 그의 아내는 광장에 불이 들어온 창밖을 내다보았다.

누군가가 문을 노크했다.

"Avanti(들어오세요)!" 조지가 말했다. 그는 책에서 시선을 들어올렸다.

문간에 메이드가 서 있었다. 그녀는 커다란 구갑고양이 한 마리를 꼭 껴안은 채 몸에 대고 흔들고 있었다.

"실례합니다." 그녀가 말했다. "주인님이 이걸 부인Signora께 가져다 드리라고 해서요."

Ü

'고양이와 새끼 고양이, 외로운 아내'

– 〈빗속의 고양이〉 비교 번역

문학작품은 '직역하지 않으면 완전히 다른 작품이 될 수 있다'는 말을 끊임없이 강조하고 있습니다. 그럼에도 직역한 문장이 의역하여 윤문된 문장보다 덜 매끄럽게 읽힐 수도 간혹 있어서, 이 말이 잘 받아들여지지 않는 것 같습니다.

　　여기서 '직역'이라 함은 우리가 일반적으로 생각하는 그런 의미가 아니라, '작가가 쓴 서술구조 그대로의 번역'을 뜻합니다.

　　주어와 동사, 수식어, 문장의 쉼표와 대명사 등을 최대한 원래대로 맞추는 번역을 의미하지요.

　　물론 타 언어를 옮기는 일이기에 100퍼센트 일치시키는 것은 불가능합니다. 그렇더라도 그런 문장조차도 최대한 원래 의미대로 직역되어야 합니다.

　　이 말의 의미도 지금까지의 통념상 이해하기 힘들겠지요. 그래서 실제 작품을 두고 비교해 보겠습니다.

대상 작품은 헤밍웨이의 단편, 〈Cat in the Rain〉입니다. 〈빗속의 고양이〉는 단편 가운데서도 극히 짧은 이야기입니다. 짧다는 것은 그만큼 은유와 상징이 많이 사용되었다는 의미입니다.

헤밍웨이는 평소 좋은 작품에 대해 '빙산 이론'을 펼쳤습니다. 빙산의 일각처럼, 작품 속에서 알고 있는 것의 8분의 1만 드러내는 것으로도 충분하다는 이론입니다. 이 작품은 '빙산 이론'에도 아주 적합해 보입니다.

'미국인은 두 명뿐', '미국인 두 사람이 전부'

〈빗속의 고양이〉는 이렇게 시작합니다.

There were only two americans stopping at the hotel.

이것을 우리는 보통 '단지 두 명의 외국인이 그 호텔에 묵고 있었다'고 읽습니다. 우리말 조사로 인한 뉘앙스의 차이만 있을 뿐, 다른 의미라는 것을 인식하지 못할 수도 있지요.

기존 번역을 보니 이렇게 되어 있었습니다.

그 호텔에 머무는 사람은 미국인 두 사람이 전부였다.

(M사, 세계문학전집 헤밍웨이 단편선, 〈빗속의 고양이〉)

그러나 정확한 번역은

그 호텔에 머물고 있는 미국인은 두 명뿐이었다. (이정서)

입니다. 완전히 다른 의미입니다. 어떻게 확신하냐고요? 바로 다음 문장이 그곳에 묵고 있는 사람들이 다만 그들 두 사람만이 아니라는 것을 알려주고 있기 때문입니다.

They did not know any of the people they passed on the stairs on their way to and from their room.

그들은 자신들의 방을 드나드는 길에 계단에서 지나치는 사람들 누구도 알지 못했다. (이정서)

작가는 이 작품 속에서 그 밖의 다른 투숙객은 중요하지 않다는 의미에서 저렇게 쓴 것입니다. 저 호텔이 결코 작은 곳이 아니라는 것은 이후 문장에서도 드러납니다.

Their room was on the second floor facing the sea. It also

faced the public garden and the war monument.

여기서 facing을 '면하다' '마주하다' '마주 보다' 등 무엇으로 할지는 역자의 취향이겠지요. 문제는 다음에 이어지는 문장의 지시 대명사 'It'입니다.

우리는 보통 저런 것을 풀어씁니다. 독자들의 이해를 돕기 위해서입니다.

그 방은 또한 공원과 전쟁 기념비를 바라보고 있었다.

(기존 번역)

꼭 그럴 필요까지는 없다고 봅니다. 또한 여기서 역자는 the public garden을 '공원'이라고 번역하고 있는데요. 이렇게 되면 우리는 일반적으로 보통의 'park'를 연상합니다. 작가는 그런 공원이 아니라는 것을 말하기 위해 일부러 저런 표현을 썼을 텐데 말입니다. 또 저렇게 번역하면 절대 안 되는 이유가 뒤에 나오기도 합니다(저는 '공공 정원'이라고 했지만, 물론 그것이 유일한 답이라는 것은 아닙니다).

There were big palms and green benches in the public garden. In the good weather there was always an artist with his easel.

우리는 보통 문장에 There was가 나오면 무조건 생략하도록 배우고 가르칩니다. 그것이 문장 속에서 지시대명사의 역할을 하고 있는데도요. 그러다 보니 원래 작가가 쓴 문장을 서술 구조 그대로 번역하지 못하고 의역하게 됩니다.

기존 번역은 이렇게 되어 있습니다.

공원에는 큼직한 종려나무와 녹색 벤치들이 놓여 있었다. 날씨가 화창할 때면 화가 한 사람이 언제나 화가畵架를 세워 두고 그림을 그렸다. (기존 번역)

앞은 생략하는 게 맞지만 두 번째 쓰인 there was는 꼭 생략할 필요가 없습니다.

물론 화가니까 그림을 그렸을 게 분명하지만, 작가는 어쨌든 그렇게 곧이곧대로 쓰고 있지 않습니다. 그림은 그리는 날도 있고 못 그리고 바라만 보는 날도 있을 수 있으니까요. 어쨌든 그냥 '언제나' 이젤(화구)을 가진 미술가가 나타난다고만 쓰고 있

Ernest Hemingway

126

습니다. 역자 임의로 이런 의역을 하지 않고 작가가 쓴 그대로 직역하면 독자들은 오히려 더 많은 상상을 불러일으키게 됩니다. '빙산 이론'처럼요.

공공 정원에는 커다란 야자수들과 녹색 벤치들이 있었다. 좋은 날씨에는 거기 언제나 이젤을 펼친 화가 한 명이 있었다. (이정서)

이어지는 문장입니다.

Artists liked the way the palms grew and the bright colors of the hotels facing the gardens and the sea.

여기서 역자는 'grew'를 어찌 번역해야 할지, 앞서와 똑같은 구조로 쓰인 facing을 여기서는 어떻게 번역해야 옳을지 우선 고민해야 합니다. 번역은 창작이 아니기에 작가가 어떤 뉘앙스로 쓰려고 했는지 고민해야 한다는 이야기입니다.

기존 번역서는 이렇게 되어 있습니다.

화가들은 키 큰 종려나무와 정원과 바다를 마주 보고 늘

어선 호텔의 밝은 빛을 좋아했다. (기존 번역)

    번역 과정에 palms를 수식하는 'grew'의 의미는 사라졌으며, 반면 우리말 '늘어선'이 호텔 앞에 붙음으로써 원래 작가가 쓴 문장과는 완전히 다른 의미의 문장이 만들어졌습니다. 저기엔 호텔들이 늘어서 있는 게 아니라 미국인 부부가 묵고 있는 호텔 하나가 있는 것이고, 'grew'는 야자수들을 꾸미고 있는 단어입니다.

    또한 여기서의 정원은 바로 앞에 나왔던 the public garden을 가리키는 것인데, 역자는 그것을 의식하지 못하고 앞에서는 '공원'이라고 했다가 여기서는 '정원'이라고 하고 있습니다. 이럴 경우 독자들을 위해 앞으로 돌아가 바로 잡아주어야 하는 것이 마땅합니다.

    화가들은 야자수들이 늘어선 길과 그 정원과 바다를 면하고 있는 호텔의 밝은 색상을 좋아했다. (이정서)

'광장을 내다보며 서 있었다', '광장을 내다보았다'

    작가가 쓴 문장 성분을 전부 옮기는 것이 간단한 일은 아닙니다. 어느 경우에는 역자 임의로 단순화시킨 것이 훨씬 좋아 보이기도 합니다. 그러나 앞서 말한 대로 특정 문장을 떼어놓으면 그게 좋아 보일 수도 있지만 결과적으로는 그렇지 않습니다. 세계적인 '대작가'들이 숱한 시간 고민해 써낸 좋은 문장이 원래 문장이기 때문입니다. 그렇기에 귀찮더라도 단어 하나 전치사 하나도 놓치지 않으려는 마음 자세가 되어 있어야 최대한 오역을 막을 수 있게 됩니다.

이어지는 문장입니다.

Italians came from a long way off to look up at the war monument. It was made of bronze and glistened in the rain. It was raining. The rain dripped from the palm trees. Water stood in pools on the gravel paths.

이탈리아인들은 전쟁 기념비를 보려고 먼 곳에서 찾아왔다. 청동으로 만든 기념비는 비에 젖어 번쩍거렸다. 비가 내리고 있었다. 종려나무에서도 빗방울이 뚝뚝 떨어졌다. 자갈길은 여러 군데 물이 고여 웅덩이를 이루었다. (기존 번역)

번역문만 보면 전혀 문제를 느낄 수 없는 깔끔한 번역입니다. 아마 번역자 스스로도 만족하실 겁니다. 그러나 위 번역문은 결코 맞는 번역이라 할 수 없습니다. 우선 첫 문장에서 정관사 the를 생략한 것을 볼 수 있는데, 이는 단순한 듯해도 사실은 앞뒤 문장에까지 영향을 끼치게 됩니다.

Italians came from a long way off to look up at the war monument.

즉, '그' 전쟁기념물입니다. 일반적인 war monument가 아니라는 이야기입니다. 그래야 이 문장 역시 look up(방문하다/찾아보다/존경하다) a long way off(멀리 떨어진 곳) 등의 부사구(숙어)를 정확히 번역할 수 있게 되고, 문장이 자연스럽게 됩니다.

무엇보다도, 그렇게 해야 바로 이어지는 문장도 의역하지 않게 됩니다.

It was made of bronze and glistened in the rain.
청동으로 만든 기념비는 비에 젖어 번쩍거렸다. (기존 번역)

여기서 It은 가주어가 아니라 본 주어입니다. 즉 앞 문장의

the war monument를 받아 '그것'은 청동으로 만들어졌으며, 그래서 비를 맞으면 빛이 났다고 쓰고 있는 것입니다.

그것은 청동으로 제작되었고 빗속에서 반짝였다.

혹은,

청동으로 제작된 그것은 비를 맞으면 반짝였다. (이정서)

여기서 혹자는 아래 번역은 의역이 아니냐고 할 수 있겠지만, 의역이 아닙니다. 작가가 쓴 동사와 서술어, 접속사를 있는 그대로 살리고 있기 때문이지요. 그렇기에 앞의 두 문장은 달라보여도 의미의 변화는 없습니다.

그러나 원래의 서술구조를 깨뜨린 문장은 어떤 식으로든 의미의 변화를 가져옵니다.

예를 들어 앞의 번역문이 '청동으로 만든 기념비는 비에 젖어 번쩍거렸다'라고 했는데, 같은 것 같아도 미묘한 차이가 있습니다.

주어가 원래의 '그것II'이 아니라 '기념비' 자체가 되어버렸고,

문장 중의 접속사 and를 생략했습니다. 그렇기에 이 문장을 읽으면 기념비가 '지금 비에 젖어 번쩍거리고 있었다'는 뉘앙스로 읽게 됩니다. 바뀌어버린 것입니다.

이탈리아인들은 그 전쟁 기념물을 방문하기 위해 먼 길을 찾아오곤 했다. 그것은 청동으로 제작되어 빗속에서 반짝였다. (이정서)

이렇게 원래 문장을 정확히 살려주어야만 다음 문장이 자연스러워집니다.

It was raining.

비가 내리고 있었다. (이정서)

작가는 이 문장을 그 앞의 문장 바로 다음에 배치함으로써 시간적 차이를 두고 있습니다. 예로 든 '기존 번역'처럼 되려면, 이 문장이 앞에 나와야 했을 테지요.

이어지는 다음 문장을 보더라도 그 점은 명약관화합니다.

It was raining. The rain dripped from the palm trees. Water stood in pools on the gravel paths.

비가 내리고 있었다. 야자수들에서 빗물이 떨어졌다. 자갈 길 웅덩이들에 물이 고였다. (이정서)

trees, pools, paths, 모두 복수형을 쓴 것도 유념해야 합니다. 출발어의 특성과 우리말의 특성을 고려해서 역자가 임의로 생략하는 것과, 의식하지 못 하고 번역하는 것에는 큰 차이가 있습니다.

이어지는 문장은 조금 긴 문학적 표현입니다.

The sea broke in a long line in the rain and slipped back down the beach to come up and break again in a long line in the rain.

헤밍웨이는 이 문장을 써내기 위해 아마 많은 시간을 고민했을 것입니다. 바로 이런 곳에서 저자의 개성과 문체, 필력이 드러납니다.

그런데 기존 번역은 이것을 이렇게 옮겨 적고 있습니다.

빗속에서 바다는 파도가 길게 부서졌다가 해안 아래쪽으로 미끄러져 갔다가 다시 빗속에서 길게 부서졌다. (기존 번역)

문장 속에 파도라는 말은 나오지 않습니다. sea를 파도로 해석하는 경우도 있지만, 여기서 주어는 바다이고, 딱 한 번 쓰이고 있습니다.

바다는 빗속에서 긴 줄을 이뤄 부서졌고 해변으로 올랐다가 뒤로 미끄러져 내려갔다가는 다시 빗속에서 긴 줄을 이뤄 부서졌다. (이정서)

이어지는 문장입니다.

The motor cars were gone from the square by the war monument. Across the square in the doorway of the café a waiter stood looking out at the empty square.

기존 번역은 이렇게 번역합니다.

자동차 몇 대가 광장에서 전쟁 기념비 옆으로 사라져갔

다. 광장 저쪽에 있는 카페 입구에 웨이터 하나가 텅 빈 광장을 내다보았다. (기존 번역)

역시 아무 문제가 없어 보입니다. 그러나 이 또한 의역입니다. 뉘앙스와 분위기가 달라졌습니다.

우선 The motor cars를 군이 '자동차 몇 대가'라고 할 이유는 없습니다. 그냥 '자동차들'입니다. 'were gone'이라는 표현은 이후 이 작품에 여러 번 사용됩니다. 대표적인 의미로 '사라졌다' '떠나갔다' 정도가 될 텐데, 전체를 두고 볼 때 여기서는 후자의 뉘앙스가 더 적당할 것 같습니다. 물론 이건 지극히 개인적인 정서 차이일 수 있습니다.

위 인용문은 by the war monument의 'by'를 '옆으로'라고 번역하고 있는데, 서술 구조상 그게 아닌 듯합니다. 기념물 옆 광장(주차장 역할을 하고 있는)을 의미하는 것일 테지요. 비가 오자 사람들이 관람을 포기하고, 혹은 서둘러 관람을 마치고 차를 타고 떠나가고 있는 모습을 표현하고 싶었던 것으로 보입니다.

그리고 나서 이어지는 문장은, 사람들이 모두 떠나고 난 뒤의 텅 빈 광장의 모습입니다.

Across the square in the doorway of the caf a waiter stood looking out at the empty square.

광장 건너편 카페 출입문 안에서 남자 직원 한 명이 빈 광장을 내다보며 서 있었다. (이정서)

그런데 이런 문장에서도 우리는 실수를 많이 합니다. 아니, 우리는 앞서 100년 동안 그렇게 해왔습니다. 이 문장의 본동사는 stood입니다. 위 번역은 그래서 저렇게 번역된 것입니다.

그런데 기존 번역은 이렇습니다.

광장 저쪽에 있는 카페 입구에 웨이터 하나가 텅 빈 광장을 내다보았다. (기존 번역)

stood라는 본동사가 흔적도 없이 사라져버렸습니다. 이 글만 봐서는 웨이터가 앉아서 보고 있는지 서서 보고 있는지 알 수 없게 됩니다. 서서 텅 빈 광장을 내다보고 있는 젊은 남자의 쓸쓸한 분위기가 느껴지기 힘들게 되었습니다. 작가가 쓰고자 했던 원래의 의도가 사라져버린 것이겠지요.

이탈리아인들은 그 전쟁 기념물을 방문하기 위해 먼 길을 찾아오곤 했다. 청동으로 제작된 그것은 빗속에서 반짝였다. 비가 내리고 있었다. 야자수들에서 빗물이 떨어졌다. 자갈길 웅덩이들에 물이 고였다. 바다는 빗속에서 길게 줄을 이뤄 부서졌고 해변으로 올랐다가 뒤로 미끄러져 내려갔다가는 다시 빗속에서 길게 줄을 이뤄 부서졌다. 자동차들이 전쟁 기념물 옆 광장을 떠나갔다. 광장 건너편 카페 출입문 안에서 남자 직원 한 명이 빈 광장을 내다보며 서 있었다. (이정서)

'녹색 테이블'과 '도박 테이블'

지금까지의 배경묘사는 모두 한 단락으로 쓰인 것입니다. 글쓰기에서 문단의 나뉨도 상당한 역할을 합니다. 역자들은 흔히 독자가 읽기 편하게 하겠다는 목적으로, 역자 임의로 행갈이를 하는 경우가 있습니다. 그 역시 앞에서 누차 강조했듯 해서는 안 됩니다. 원래의 뉘앙스를 잃게 됩니다.

이제 두 번째 단락이 시작됩니다. 글의 분위기가 완전히 달라졌습니다.

The American wife stood at the window looking out. Outside right under their window a cat was crouched under one of the dripping green tables. The cat was trying to make herself so compact that she would not be dripped on.

우선 첫 문장입니다.

The American wife stood at the window looking out.

기본적인 문장입니다. 그래서 누구라도 이렇게 번역합니다.

미국인 아내는 창가에 서서 바깥을 내다보았다. (파파고, 구글 번역기, 기존 번역)

엄밀히 말해 이것은 직역이 아닙니다. 이 문장의 동사는 stood이니까요.

앞에서도 stood를 무시한(앞에서는 아예 생략했었습니다) 번역이 어떤 차이를 가져왔는지 살펴본 바 있습니다.

서술구조 그대로 번역하면 이렇습니다.

미국인 아내가 창밖을 내다보며 서 있었다. (이정서)

Outside right under their window a cat was crouched under one of the dripping green tables.

이 문장도 주어인 a cat을 꾸미는 부사구가 앞에 길게 나와서 그렇지, 역시 기본 문장입니다. 그런데 이런 문장은 원문으로 보면 의미가 한눈에 들어오지만, 정작 우리말로 문장을 만들려면 간단치 않습니다. 그래서였을 겁니다. 우리 번역은 이렇게 되어 있습니다.

그들 방의 창문 바로 아래 빗방울이 뚝뚝 떨어지는 도박 테이블 밑에 고양이 한 마리가 웅크리고 있었다. (기존 번역)

일단 원래 문장에서 무엇이 생략된 것일까요? 'one of the dripping green tables' 즉 테이블이 하나가 아니라 여러 개이며, '그 가운데 하나'라고 작가는 쓰고 있습니다. 사실은 주요한 요소이지만 이런 요소를 모두 살리면서 직역해내기는 생각보다 쉽지 않습니다. 그렇기에 이런 번역이 되었을 것입니다.

그런데 이 번역문에는 직역 의역을 떠나 심각한 오역이 하나 있습니다. 바로 '도박 테이블'입니다. 역자는 green tables를 '도박 테이블'로 봤습니다. 카지노에 있는 게임 테이블은 전부 녹색 천으로 씌워져 있습니다. 그래서 실제로 그것을 'green table'이라 부릅니다. 그런데 이 짧은 소설 어디에도 도박 이야기는 나오지 않습니다. 또한 도박 테이블을 가리키는 '그린 테이블'은 천으로 싸여 있기에 비를 맞으면 못쓰게 됩니다. 그렇다면 버려진 도박 테이블일까요?

작가는 green tables라고 복수형을 사용하고 있습니다. 하나가 아니라는 이야기입니다. 이 호텔이 카지노 호텔이 아닌 이상 (카지노 호텔이라 해도) 여러 개의 도박 테이블이 이렇게 비를 맞고 있을 수는 없을 테지요.

오히려 작가는 전쟁 기념물 옆의 조용하고 청결한, 다소 엄숙한 호텔이라는 것을 알려주기 위해 앞서 긴 배경설명까지 한 바 있습니다. 따라서 이 테이블은 아마 날씨가 좋은 날 야외 식사나 모임을 위해 쓰이는 보통의 테이블일 것입니다.

Ernest Hemingway

이것은 번역자가 아마 영어를 너무 잘 알아서, 너무 깊게 생각해서 벌어진 오역이 아닌가 생각됩니다.

위 문장을 직역하면 이런 정도가 됩니다.

그들의 방 창 바로 아래 고양이 한 마리가 빗물이 뚝뚝 떨어지고 있는 녹색 테이블 가운데 하나 밑에서 웅크리고 있었다. (이정서)

이어지는 문장입니다.

The cat was trying to make herself so compact that she would not be dripped on.

고양이는 비에 젖지 않으려고 몸을 작게 웅크렸다. (기존 번역)

번역문이 현저하게 짧아진 걸 알 수 있습니다. 역시 의역했기 때문이지요. 작가가 밤새 고민한 문장을 역자가 단순화시킨 것입니다. 당연히 뉘앙스가 달라졌습니다.

고양이는 떨어지는 빗방울에 닿지 않을 만큼 자신을 작게

만들려 애쓰고 있었다. (이정서)

다음은 이렇게 이어집니다.

미국인 아내가 창밖을 내다보며 서 있었다. 창밖 바로 아
래서 고양이 한 마리가 빗물이 떨어지고 있는 녹색 테이
블들 중 하나 밑에서 웅크리고 있었다. 고양이는 떨어지는
빗방울에 닿지 않을 만큼 자신을 작게 만들려 애쓰고 있
었다. (이정서)

The American wife stood at the window looking out.
Outside right under their window a cat was crouched
under one of the dripping green tables. The cat was trying
to make herself so compact that she would not be dripped
on.

'고양이'와 '새끼 고양이'

"I'm going down and get that kitty," the American wife
said.

"I'll do it," her husband offered from the bed.

"No, I'll get it. The poor kitty out trying to keep dry under

a table."

The husband went on reading, lying propped up with the

two pillows at the foot of the bed.

비교적 단순한 문장입니다. 그런데 첫줄, "I'm going down and get that kitty"를 어떻게 번역하는 게 좋을까요?

기존 번역은 이렇게 되어 있습니다.

"밑에 내려가 고양이를 데려올게요." (기존 번역)

맞는 번역일까요? 아니, 맞다 틀리다고 말할 수 있는 성질의 문장은 아닙니다.

아마도 kitty의 의미를 모를 사람은 없겠지요. 그리고 저것을 굳이 '고양이'가 아닌, '새끼 고양이'로 구분해 번역해야겠다고 생각하는 사람도 드물 겁니다. 그런데 여기에서는 반드시 '새끼 고양이'로 굳이 구분해 써주어야 합니다. 바로 위에서 cat으로 써오다 이 문장에 이르러 kitty라고 바꾸어 쓴 작가의 의도가 있기 때문입니다.

번역은 독서와는 다릅니다. 원어민이나 번역자는 원문을 보고 있기에 kitty를 보면서 '고양이'라 읽더라도 '새끼 고양이'의 이미지를 떠올리지만, 번역된 글을 보는 독자는 cat과 kitty를 구분해 볼 수 없습니다. 번역자가 옮겨놓은 대로 '고양이'로 읽고 일반적인 고양이를 떠올릴 수밖에 없습니다.

사실 이런 것을 왜 구분해서 번역해 주어야 하는지는 작품이 끝나봐야 정확히 이해할 수 있습니다. 번역자조차 번역하는 동안에는 작가가 왜 이렇게 구분해서 썼는지 알기 어렵습니다. 대부분 동어반복을 피하려는 의도였을 거라 생각합니다.

그렇지만 번역자는 단순 독자가 아니므로, 왜 작가는 같은 의미를 다른 단어로 표기했을까, 고민해봐야 합니다. 이럴 경우 원문 단어를 표기해두면 나중에 바로잡는 데 용이합니다. 물론 위의 번역처럼 끝까지 이해하지 못하면 '고양이'로 번역되어 나오겠지요.

이 밖에도 위 번역문에는 중요한 정보 한 가지가 빠져 있습니다.

여자는 지금 창문 밖을 내려다보다 비를 맞고 있는 '새끼 고양이' 한 마리를 보고 측은한 마음에, 자신이 내려가서 '저that' 새끼 고양이를 데려와야겠다고 남자에게 말하고 있습니다. 그러자 남자가 바로 "I'll do it"이라고 반응하는 것이고요.

그런데 만약 저기서 기존 번역처럼 '저that'를 생략해버린다면 침대 위에 있는 남자는 당연히 어떤 고양이인지 전혀 알지 못하는 상황이기에, 여자의 말에 바로 '내가 데려올게'라고 대답할 수는 없습니다. 번역은 정확히 해주어야 합니다.

"내가 내려가서 저 새끼 고양이를 데려와야겠어." 미국인 아내가 말했다.
"내가 할게." 그녀의 남편이 침대에서 말했다. (이정서)

이어서, 작가는 이렇게 쓰고 있습니다.

"No, I'll get it. The poor kitty out trying to keep dry under a table."

이것을 역시 잘 읽히게, 단순화시키려는 마음에 역자는 이렇게 번역했습니다.

"아니에요. 내가 데리고 올래요. 가엾게도 테이블 밑에서
비에 젖지 않으려고 애쓰고 있네요."(기존 번역)

역시 이 대화 중 가장 중요한 대목이랄 수 있는 'kitty'라는 정
보를 아예 빼버리고 있습니다. 번역자가 앞에서 저 고양이가
kitty라는 것을 한 번 알려주었다면, 그 다음에 나오는 kitty는
굳이 '새끼 고양이'라고 옮기지 않아도 크게 상관이 없습니다.
그것을 그냥 고양이라고 해도, 독자는 이미 '새끼 고양이'로 읽
을 테니까요.

"아니야. 내가 데려올게. 가엾은 고양이(The poor kitty)가
테이블 아래서 젖지 않으려(to keep dry) 애쓰고 있는 중이
야."(이정서)

이어지는 문장은 쉼표가 쓰인 복문입니다.

*The husband went on reading, lying propped up with the
two pillows at the foot of the bed.*

Ernest Hemingway

146

쉼표의 쓰임은 다양하지만 여기서는 단순한 도치를 의미합니다.

이런 문장을 만났을 때도 가능한 쉼표를 살려주면, 작가의 문체에 훨씬 더 근접해 갈 수 있습니다. 독자들도 더욱 실감나는 원문의 맛을 느낄 수 있을 테고요.

> 남편은 침대 발치에 베개 두 개를 괴고(propped up) 누운 채, 계속해서 책을 읽었다(went on reading). (이정서)

이어지는 문장입니다.

> *The wife went downstairs and the hotel owner stood up and bowed to her as she passed the office. His desk was at the far end of the office. He was an old man and very tall.*

아내가 아래로 내려가자 호텔 주인이 자리에서 일어나 사무실 앞을 지나가는 그녀에게 인사를 했다. 그의 책상은 사무실 한쪽 구석에 놓여 있었다. 키가 상당히 큰 노인이었다. (기존 번역)

매끄러운 번역이지만 이 번역은 실상 의미가 완전히 달라졌습니다.

작가가 이 문장을 쓴 이유는 명확해 보입니다. 정중한 오너 owner, 손님을 대하는 오너의 진실된 태도, 그런 대접을 받는 손님의 자부심 등을 보여주기 위해서 쓴 것입니다.

따라서 여기서 bowed는 그냥 단순히 '인사했다'로 번역해서는 안 됩니다. 단어 뜻 그대로 정중하게 '고개를 숙여 인사했다'는 것이 드러나야 합니다. 또한 이어지는 문장, '그의 책상이 사무실 한쪽 구석에 놓여 있었다'는 표현도 오역입니다. 'at the far end of the office', '사무실 끝 쪽 멀리에'입니다. 즉 저 멀리 떨어져 있어서, 지나가는 손님을 모른 체한다 해도 전혀 결례가 되지 않을 상황임을 보여주고자 한 것입니다.

그럼에도 이 오너는 일부러 자리에서 일어나 깊이 고개를 숙여(혹은 허리를 숙여) 인사를 했지요. 그래서 다음 문장도 사실은 주어 He를 살려주어야 자연스러우며, 원래 뉘앙스를 유지하게 됩니다.

아내가 아래층으로 내려가자 호텔 주인이 서 있다가, 그녀가 사무실을 지날 때 머리를 숙여 인사했다. 그의 책상은

사무실 저 끝 쪽에 있었다. 그는 나이가 많은 사람으로 키가 매우 컸다. (이정서)

다음 문장에는 이탈리아어가 등장합니다. 영어 소설에 작가는 일부러 아무런 설명 없이 이탈리아어를 썼습니다.

"Il piove," the wife said. She liked the hotel-keeper.

'Il piove'는 이탈리아어로 '비가 내린다'는 의미입니다. 영어로는 It rains이지요.

보통은 그냥 "'비가 내리네요' 하고 그녀는 이탈리아어로 짧게 인사했다" 쯤으로 서술할 것 같습니다. 실제로 뒤에서 그렇게 쓰기도 합니다.

그런데 헤밍웨이는 여기서 저렇게 표현했습니다. 이유가 있겠지요.

작가가 노리는 것이 분명 있습니다. 상대인 그 주인이 이탈리아인이라는 것, 여자 역시 그 상대를 형식적으로만 대하는 게 아니라 친밀감을 갖고 대하고 있다는 것을 보여줍니다. 무엇보

다도 둘 다 간단한 인사 정도는 나눌 수 있을 만큼 상대의 모국
어를 안다는 걸 알리고 싶었을 테지요.

이럴 경우 번역은 어찌하는 게 좋을까요? 대부분, '비가 오네
요'라고 그녀가 이탈리아어로 말했다.고 설명을 붙이거나 주를
달아 부연 설명합니다.

기존 번역은 발음을 적고 아래와 같은 주를 달았습니다.

"일 피오베."* 미국인 아내가 말했다. 그녀는 이 호텔 주인
이 마음에 들었다.

(* "비가 내려요." 이어지는 외국어는 모두 이탈리아어이다. – 각주임. 기존 번역)

발음대로 적은 것까지는 이해가 가나, 주에 달린 설명은 선
뜻 이해가 되지 않습니다. 무언가 포인트를 빗겨간 느낌입니다.

이렇게 하면 좀더 작가의 의도를 살릴 수 있지 않을까요?

"Il piove (비가 내려요)." 그녀가 말했다. 그녀는 그 호텔 운
영자를 좋아했다. (이정서)

Ernest Hemingway

다음 문장은 이렇습니다.

"Sì, sì, Signora, brutto tempo. It's very bad weather."

이번엔 이탈리아어와 영어를 같이 쓰고 있습니다. 같은 의미를 반복해서요.

"Sì, sì, Signora, brutto tempo(예, 예, 부인, 궂은 날씨입니다). 아주 궂은 날씨입니다." (이정서)

이탈리아인 주인 역시 자기 모국어인 이탈리아어에 더해 간단한 영어로 화답함으로써 미국 여자를 배려했습니다. 물론 이탈리어를 모르는 독자들을 위한 작가의 테크닉도 일면 발휘됐을 테고요. 그래서 이 문장의 뉘앙스는 상당히 중요합니다.
기존 번역은 이렇게 되어 있습니다.

"시, 시, 시뇨라, 브루토 템포.* 아주 고약한 날씨입니다."
(* "네, 네, 부인, 아주 고약한 날씨입니다."– 각주임. 기존 번역)

소설에 각주는 가능한 달지 않는 게 좋을 것 같습니다. 다른 설명 없이 있는 그대로 뉘앙스를 직역해 주기만 해도(오역하지만 않는다면) 독자는 맥락을 충분히 이해합니다. 작가의 의도도 그런 것일 테고요. 앞에서 이곳이 '이탈리아'라는 것이 설명되었으니 저 말이 이탈리아어라는 '각주'도 사족이 될 수밖에 없습니다. 불필요한 주는 오히려 바른 이해를 방해할 수 있습니다.

'어둑한 방 안 저 끝', '희미한 방 저쪽 구석'

He stood behind his desk in the far end of the dim room.

호텔 주인은 희미한 방 저쪽 구석의 책상 뒤에 서 있었다.
(기존 번역)

'그'를 군이 '호텔 주인'이라고 친절하게 바꾸어주고 있습니다. 이런 과도한 친절은 역시 작가의 원래 문체를 망가뜨리기 쉽습니다.

그는 어둑한 방 안 저 끝에 있는 책상 뒤에 서 있었다. (이정서)

Ernest Hemingway

헤밍웨이 문체를 우리는 한마디로 '하드보일드'하다고 평합니다. 작가 스스로도 "나는 엷게 펼쳐 놓기보다는, 항상 졸인다"고 밝힌 바 있습니다. '졸인다Boiling'는 의미가 뭘까요? 문장에서 최대한 수식어를 억제한다는 의미일 것입니다. 그런 점에서 아래 문장도 그 일례가 될 수 있을 것 같습니다.

The wife liked him. She liked the deadly serious way he received any complaints. She liked his dignity. She liked the way he wanted to serve her. She liked the way he felt about being a hotel-keeper. She liked his old, heavy face and big hands.

아내는 그를 좋아했다. 어떤 불평에도 심할 정도로 진지하게 임하는 방식이 좋았다. 그의 긍지를 좋아했다. 성심을 다해 응대하려는 그 자세가 좋았다. 그가 한 호텔 운영자의 존재로서 느끼는 그 태도를 좋아했다. 그의 나이든, 진중한 얼굴과 큰 손이 좋았다. (이정서)

문장 구성요소 전부를 살려야 한다는 게 평소 지론이지만, 이 경우의 주어는 영어의 특성상 불가피하게 쓰인 것이지 의도

된 반복은 아니라고 봅니다. 그래서 반복된 주어는 자연스럽게 생략했습니다.

이어서 이런 문맥이 이어집니다.

Liking him she opened the door and looked out. It was raining harder. A man in a rubber cape was crossing the empty square to the café. The cat would be around to the right. Perhaps she could go along under the eaves. As she stood in the doorway an umbrella opened behind her. It was the maid who looked after their room.

기존 번역은 이렇습니다.

그에게 이렇게 호감을 느끼면서 미국인 아내는 문을 열고 바깥을 내다보았다. 비는 아까보다 더 세차게 내리고 있었다. 고무 비옷을 입은 사내가 텅 빈 광장을 가로질러 카페로 걸어가고 있었다. 고양이는 오른쪽으로 돌아가면 있을 것이다. 어쩌면 처마 밑을 따라가면 될지도 모른다. 여자가 문 입구에 서 있는데 뒤에서 누가 우산을 펼쳐들었다. 그

녀의 방을 돌봐주는 호텔 하녀였다. (기존 번역)

어떻게 읽으셨나요? 깔끔하게 잘된 번역 같아도 제게는 원래 뉘앙스에서 조금씩 벗어난 듯합니다.

우선 Liking him '그에게 이렇게 호감을 느끼면서'라고 했는데, 의역을 하지 않으면 안 될 상황에 직면한 역자의 고민이 충분히 읽히는 대목입니다. 그래도 '이렇게'라는 뉘앙스는 저 단어 속에 있을 것 같지 않습니다.

한편 우리는 여기서 다시 한 번 영어의 '두루뭉술함'을 경험할 수 있는데요, 한글처럼 섬세한 표현이 가능한 언어가 아니라는 의미지요. 이 말은 역으로, 원어민들조차 똑같은 문장 표현을 두고도 '앞뒤 맥락에 대한 이해가 없으면', 받아들이는 게 일정하지 않을 수 있다는 것입니다.

번역은 '제2의 창작'이라거나, '번역은 의역과 직역이 같은 비중으로 이루어질 수밖에 없다'는 영어권 학자들의 말은 그래서 생겨난 것이라 생각합니다.

한 문장만 떼어놓고 보겠습니다.

The cat would be around to the right. Perhaps she could go

along under the eaves.

고양이는 오른쪽으로 돌아가면 있을 것이다. 어쩌면 처마
밑을 따라 걸어가면 될지도 모른다. (기존 번역)

맞는 걸까요? 제가 읽기엔, '고양이는 오른쪽에 있고, 처마
밑을 따라 걸어가면 고양이를 만날 수 있을지 모른다'는 의미로
본 번역 같은데 원문은 그게 아닙니다.
  저 문장은 여자가 처마 밑을 따라가면 '비를 안 맞고' 고양이
가 있는 곳까지 다다를 수 있다는 맥락으로 쓰인 것입니다.

고양이는 오른쪽으로 돌아가면 있을 터였다. 아마 그녀는
처마 밑을 따라 가면 (비를 안 맞고) 갈 수 있을 것이었다.

(이정서)

그래야 뒤의 문맥도 자연스러워집니다.

As she stood in the doorway an umbrella opened behind

her.

(굵어진 비 때문에 잠시 망설이며) 그녀가 문간에 서 있을 때 우산 하나가 그녀의 뒤에서 펼쳐졌다. (이정서)

전체를 직역해 보겠습니다.

여전히 그에게 호감을 지니며 그녀가 문을 열고 내다보았다. 빗줄기가 더 굵어졌다. 고무 망토를 두른 사내 하나가 카페를 향해 텅 빈 광장을 가로질러 가고 있었다. 고양이는 오른쪽으로 돌아가면 있을 터였다. 아마 처마 밑으로 가면 갈 수 있을 것이었다. 그녀가 문간에 서 있을 때 우산 하나가 그녀의 뒤에서 펼쳐졌다. 그들 방을 관리해주는 메이드였다. (이정서)

"You must not get wet," she smiled, speaking Italian. Of course, the hotel-keeper had sent her.
With the maid holding the umbrella over her, she walked along the gravel path until she was under their window. The table was there, washed bright green in the rain, but the cat was gone. She was suddenly disappointed. The maid looked up at her.

"비에 젖으시면 안 돼요." 그녀가 웃으면서 이탈리아어로 말했다. 물론 호텔 주인이 보낸 여자였다.

우산을 받쳐주는 하녀와 함께 그녀는 자갈길을 걸어 자신의 창문 아래까지 갔다. 비에 씻긴 도박 테이블은 밝은 녹색을 띤 채 그곳에 놓여 있었지만 고양이는 보이지 않았다. 그녀의 마음이 갑자기 실망으로 가득 찼다. 하녀가 그녀의 얼굴을 올려다보았다. (기존 번역)

우리는 외국어 문장의 쉼표를 그다지 신경 쓰지 않는 측면이 있습니다. 문장에서 쉼표는 대단히 중요합니다. 쉼표의 쓰임에는 여러 가지가 있지만, 그 용도를 오해하면 뉘앙스도 당연히 달라집니다.

위 번역도 "she smiled, speaking Italian"을 '그녀가 웃으면서 이탈리아어로 말했다'라고 했지만, 엄밀히 말해서, 작가가 그런 의미로 쓰려고 했다면 쉼표가 아니라 and를 썼겠지요.

극히 짧은 문장이지만 작가가 굳이 쉼표를 쓴 이유는 'speaking Italian'을 강조하기 위해서입니다. 따라서 본래 뉘앙스는,

Ernest Hemingway

'그녀는 웃었다, 이탈리아어로 말하면서'입니다.

이것을 우리말 어순으로 하면,

"그녀는 이탈리아어로 말하면서, 미소 지었다" 쯤이 될 것입니다.

여기서 쉼표는 도치의 형식으로 쓰인 것입니다.

쉼표를 무시한 의역이 얼마나 의미를 다르게 만들 수 있는가는 다음 문장에서도 알 수 있습니다.

The table was there, washed bright green in the rain, but the cat was gone.

비에 씻긴 도박 테이블은 밝은 녹색을 띤 채 그곳에 놓여 있었지만 고양이는 보이지 않았다. (기존 번역)

앞서 얘기했듯 'The table'은 '도박 테이블'이 아닌, 보통의 정원 테이블입니다. 역자는 여기에서라도 바로잡을 수 있었는데, 자신이 잘못 이해한 것을 완전히 공고히 해버렸습니다. 이로써 원문을 볼 길 없는 독자는 완전히 그렇게 믿게 된 것이지요.

번역자가 오역을 하면, 특히 그가 유명하면 할수록 잘못된 의미가 당대뿐 아니라 후세에까지 그대로 굳어져버리게 됩니다.

또한 이 문장에도 쉼표가 쓰이고 있습니다. 작가의 문체지요. 번역자 임의로 넣고 빼서는 안 됩니다.

그 테이블은 거기, 빗속에서 선명한 녹색으로 젖어 있었지만, 고양이는 떠나고 없었다. (이정서)

앞서 이 작품에서 작가는 'was gone'을 많이 사용한다고 했는데요. 같은 표현은 가능한 같은 의미로 번역하면 좋겠다는 생각입니다.

"비에 젖으면 안 되세요." 그녀가 이탈리아어로 말하며, 미소 지었다. 물론, 그 호텔 운영자가 보낸 것이다.
위로 우산을 받쳐 든 메이드와 함께 그녀는 자갈길을 따라 자기 방 창문 아래까지 걸었다. 그 테이블은 거기, 빗속에서 선명한 녹색으로 젖어 있었지만, 고양이는 떠나고 없었다. 그녀는 갑자기 실망했다. 메이드가 그녀를 올려보았다. (이정서)

이어지는 문장입니다.

"Ha perduto qualche cosa, Signora?(혹시 뭘 잃어버리셨나요, 부인?)"

"고양이 한 마리가 있었어요." 미국인 여자가 말했다.

"고양이요?"

"Si, il gatto.(네, 고양이요.)"

"고양이요?" 호텔 여직원이 웃었다 "빗속에 고양이가요?"

"그래요." 그녀가 말했다. "테이블 아래." 그러고 나서, "아, 너무나 갖고 싶었는데. 새끼 고양이를 갖고 싶었어요."

그녀가 영어로 말했을 때 여직원의 얼굴이 긴장으로 굳어졌다. (이정서)

영어 소설에 이탈리아어가 아무 설명 없이 끼어 있습니다. 원문은 이렇습니다.

"Ha perduto qualche cosa, Signora?"

"There was a cat," said the American girl.

"A cat?"

"Si, il gatto."

"A cat?" the maid laughed. "A cat in the rain?"

"Yes," she said, "under the table." Then, "Oh, I wanted it

so much. I wanted a kitty."

When she talked English the maid's face tightened.

영어 작가가 이렇게 쓴 데는 그만한 이유가 있는 것이죠. 그렇지만 독자는 이 한 군데만으로는 그 이유를 결코 이해할 수 없습니다. 작가는 지금 복선을 깔아둔 것이고, 이런 복선은 한 번이 아니라 적어도 서너 번 사용해 작가의 의중을 담아두는 것이니까요. 그게 곧 작품의 개연성과도 맞물리는 것입니다. 따라서 이런 곳일수록 아주 섬세한 '직역'이 요구됩니다.

우선, 마지막 문장,

"When she talked English the maid's face tightened."

를 보면서 번역가라면 두 가지 의문을 떠올릴 수 있어야 합니다.

첫 번째는 그녀가 영어로 말했을 때 "여직원(maid)의 얼굴이 'tightened' 해졌다"고 작가는 썼는데, 여기서 tightened는 어떤 뉘앙스로 쓴 것일까,입니다.

두 번째는 지금까지 간단한 말은 이탈리아어와 영어를 함께 써왔는데, 작가는 왜 여기서 굳이 여자가 '영어로 말했다she talked'고 밝히는 걸까,입니다.

번역자는 이 점을 정확히 짚어야 이 작품을 독자에게 온전히 전달해줄 수 있다고 여겨집니다. 앞서도 말했지만 독자는 번역문을 보는 것이지 원문을 보는 게 아니니까요.

보통은 그냥 무심히 지나칠 수 있지만 유심히 보면, 이탈리아인 호텔 메이드의 얼굴빛이 굳어진 것은 미국인 여자의 말을 잘 이해하지 못해서 일거라는 추측이 가능해집니다. 메이드는 아주 단순한 (인사말 정도의) 영어만 할 수 있었던 것입니다.
그렇다면 그녀가 알아듣지 못한 말은 무엇이었을까요?

지금 그녀(미국인 아내)가 한 말 가운데 앞에서 쓰지 않은 단어는 딱 하나입니다. kitty지요. 공교롭게도 이탈리아어로 고양이는 gatto이고 새끼 고양이는 gattùccio입니다. 둘은 거의 비슷하지만 영어의 cat과 kitty는 외국인이 듣기엔 발음상으로도 큰 차이가 있습니다.
메이드는 kitty라는 말을 알아듣지 못했던 것입니다. 사실 누구라도 여기서부터 그 점을 이해하기는 힘듭니다. 이 소설의 압권은 이로 인한 반전에 있으니까요.

번역자는 그 점을 깨닫고 정확히 번역해주어야 합니다. 그런데 기존 번역은 이 소설의 가장 정교한 장치인 그것을 정확하게 이해하지 못 했기에, 책을 읽고 난 독자들은 '도대체 이게 무슨 빼어난 작품이라는 거지?' '이게 무슨 헤밍웨이의 대표적인 단편이 될 수 있다는 거야?' 하는 오해를 품게 됩니다. 이에 비평가들은 '작품이 쓰인 시대와 문화가 달라서'라고 설명하는 게 보통이고 말입니다.

이어지는 메이드의 'Come, Signora'도 독자가 알아볼 수 있게 반드시 직역해주어야 합니다.

"Come, Signora," she said. "We must get back inside. You will be wet."
"I suppose so," said the American girl.

"가시죠, Signora(부인)," 그녀가 말했다. "안으로 돌아가야만 해요. 비에 젖으시겠어요."

Ernest Hemingway

"그래야겠어요." 미국인 여자가 말했다. (이정서)

기존 번역은 이렇습니다.

"자, 들어가시죠, 부인. 안으로 들어가야 합니다. 비에 젖습니다." 그녀가 말했다. (기존 번역)

'머리가 자라도록 놔두는 게', '머리를 기르면 좋지 않을까'

They went back along the gravel path and passed in the door. The maid stayed outside to close the umbrella. As the American girl passed the office, the padrone bowed from his desk. Something felt very small and tight inside the girl. The padrone made her feel very small and at the same time really important. She had a momentary feeling of being of supreme importance. She went on up the stairs. She opened the door of the room. George was on the bed, reading.

〈A번역〉

두 사람은 자갈길을 되돌아가 문 입구에 이르렀다. 하녀는 우산을 접기 위해 바깥에 남아 있었다. 미국인 아내가 사무실을 지나갈 때 주인이 책상 있는 곳에서 꾸벅 인사를 했다. 그녀는 몸 안에서 무언가가 아주 작고 단단해지는 느낌이 들었다. 주인 때문에 아주 작게 느껴졌지만 동시에 자신이 매우 소중하다고 느끼게 되었다. 잠시나마 그녀는 자신이 아주 중요한 인물이 된 듯한 기분을 느꼈다. 그녀는 계단을 따라 올라갔다. 그리고 방문을 열었다. 조지는 여전히 침대에 누워 책을 읽고 있었다.

〈B번역〉

그들은 자갈길을 따라 되돌아가 문 앞에 이르렀다. 메이드는 우산을 접기 위해 밖에 머물렀다. 미국인 여자가 사무실을 지날 때, 그 주인이 책상에서 머리를 숙여 인사했다. 무언가 아주 작고 꽉 찬 어떤 것이 여자의 내면에 느껴졌다. 그 주인은 그녀로 하여금 매우 하찮으면서도 동시에 정말 중요한 인물로 느끼게 만들었다. 그녀는 순간적으로 자신이 대단히 중요한 존재라는 느낌을 가졌다. 그녀는 계단을 밟아 올라갔다. 객실 문을 열었다. 조지가 책을 읽으며, 침대 위에 있었다.

어떻습니까? 둘은 같은 의미일까요?

다르다면 어떤 번역이 바른 번역일까요?

사실 우리는 이런 차이쯤은 차이로 보지 않고, 그냥 같은 것으로 여기면서 고전소설을 읽어왔습니다. 어차피 번역은 제2의 창작이니까, 하면서요.

"고양이는 데려왔어?" 그가 책을 내려놓으면서 물었다.

"떠나고 없었어."

"어디로 갔는지 궁금하군." 그가 책읽기로부터 눈을 쉬면서 말했다.

그녀는 침대 위에 앉았다.

"너무나 갖고 싶었는데." 그녀가 말했다. "내가 왜 그걸 그렇게나 갖고 싶어 했는지 모르겠어. 그 가엾은 새끼 고양이를. 아무튼 빗속에 가엾은 새끼 고양이가 되는 건 전혀 즐거운 일이 아니지."

조지는 다시 책을 읽는 중이었다. (이정서)

She went over and sat in front of the mirror of the dressing table looking at herself with the hand glass. She studied her profile, first one side and then the other. Then she studied the back of her head and her neck.

첫 문장은 쉼표를 쓰지 않고 내려 쓴 것이고, 두 번째 문장은 쉼표로 나누어 복문을 쓴 것입니다. 첫 번째 문장은 쉼표가 없으니 그냥 죽 내려 읽어도 무난하겠지만, 원래의 서술구조를 지켜보겠습니다.

그녀는 침대를 벗어나 손거울로 자신을 바라보며 화장대 거울 앞에 앉았다. (이정서)

두 번째 문장은 이렇습니다.

그녀는 자신의 옆모습을 살폈다. 먼저 한쪽을 그러고 나서 다른 쪽을. 그러고는 머리와 목뒤를 살폈다. (이정서)

이것이 의역되면 이렇게도 됩니다.

여자는 침대를 떠나 화장대의 거울 앞에 앉아 손거울로 자기 모습을 들여다보았다. 처음에는 한쪽에서, 다음에는 반대쪽에서 자기 옆얼굴을 자세히 살펴보았다. 그런 뒤 머

Ernest Hemingway

리 뒷부분과 목덜미를 살폈다. (기존 번역)

다시 강조하지만 쉼표를 지키고 안 지키고가 역자의 취향 문제가 되어서는 안 됩니다.

다음 문장입니다.

"Don't you think it would be a good idea if I let my hair grow out?"

우리는 이런 문장을 만나면 아주 자연스럽게 이렇게 번역합니다.

"머리를 기르면 좋지 않을까?" (파파고)

그리고 이것을 잘한 번역이라고 생각합니다. 문장을 단순화 시키면 그만큼 세련되어 보이기 때문입니다. 거꾸로, 원래대로 직역하면 영어를 잘 모른다고 타박합니다.

"당신 생각에 내가 머리가 자라도록 놔두는 게 좋을 것

같지 않아?"(이정서)

같은 말일까요? 그냥 이 한 문장만 떼어놓고 보면 아무 문제
가 없을 수 있습니다. 그러나 이 문장의 쓰임이 여자가 남자에
게 자꾸 '많은' 말을 시키는 모습을 보이려는 목적이니, 작가가
쓴 대로 당연히 길게 직역해주는 것이 원래 뉘앙스에 맞습니다.
  물론 기존 번역가도 이렇게 단순히 번역했습니다.

"머리를 길러보면 어떨까요?"(기존 번역)

정말 여자가 이렇게 짧게 묻고자 한 의도였다면 작가는 결코
저렇게 긴 서술을 하지 않았을 것입니다.

그 외에도 우리는 여기서 또 하나의 의문을 가질 수 있습니다.
영어의 높임말 문제입니다.
위의 인용문처럼 같은 문장을 파파고는 여자가 평어를 쓰는
것으로, 기존 역자는 말을 높이는 것으로 번역했습니다. 우리말
처럼 영어에는 존칭을 나타내는 표기가 없다 보니 둘 다 틀렸다
고는 할 수 없겠지요. 그런데 과연 작품 속 인물들의 어투를 역
자 임의로 해도 되는 걸까요?

절대 그렇지 않습니다.

문학에서는 상황에 따른 인물의 말투가 차지하는 부분이 중요하기에, 지금 말을 높이고 있는지 낮추고 있는지 구분해주는 일은 아주 중요합니다. 예컨대 〈위대한 개츠비〉에서 서술자인 닉과 개츠비가 만나 대화를 나눠보고 친해지는 과정 중의 말투의 변화, 어법의 문제는 대단히 중요합니다. 우리 번역은 그것을 거의 인식하지 못하고 있기에 〈위대한 개츠비〉를 잘못 이해하는 부분이 있습니다.

작가는 글을 쓰면서 등장인물이 지금 말을 낮추고 있는지, 아니면 높이고 있는지(적어도 정중한 표현을 사용하고 있는지)를 알 수 있게 합니다. 예컨대 직접적으로 would나 sir를 사용하거나, 지문 속에 polite, respectful 등을 덧붙이기도 합니다. 물론 모든 문장에서 그렇다는 게 아니라, 처음 어딘가에 반드시 알아볼 수 있게 합니다. 외국인은 잘 몰라도 모국어 사용자들은 그걸 생래적으로 알아봅니다.

여기서도 호텔 주인이나 메이드가 미국인 여자에게 존대하고 있다는 팁은 지위나 나이에서가 아닙니다. Signora(부인) bowed(머리 숙여 인사하다) 등을 통해 그 뉘앙스를 전달해주고 있지요.

그렇다면 작품 속 미국인 남편과 아내의 말투는 어떨까요? 작가는 특별히 구분을 두려하지 않았습니다. 전체적인 글의 뉘앙스를 보면 알 수 있지요. 다시 말해 남편이 여자를 무시하는 듯한 뉘앙스는 여러 곳에서 느껴지지만, 정작 아내가 위의 번역처럼 남편에게 깍듯이 말을 높이고 있는지에 대해서는 알 수 없습니다. 따라서 남자는 말을 낮추고 여자는 말을 높이는 형식의 기존 번역은 그냥 남자니까 말을 놓고, 여자니까 말을 높였을 것이라는 역자의 고정 관념으로 보입니다.

"당신 생각에 내 머리가 자라도록 내버려두는 게 나을 것
같지 않아?" 그녀가 다시 자신의 옆모습을 보면서 물었다.
(이정서)

'새끼 고양이가 있었으면 좋겠어', '가르랑 소리를 듣고 싶어요'

*George looked up and saw the back of her neck, clipped
close like a boy's.*

"I like it the way it is."

"I get so tired of it," she said. "I get so tired of looking like

Ernest Hemingway

a boy."

George shifted his position in the bed. He hadn't looked away from her since she started to speak.

"You look pretty darn nice," he said.

She laid the mirror down on the dresser and went over to the window and looked out. It was getting dark.

"I want to pull my hair back tight and smooth and make a big knot at the back that I can feel," she said. "I want to have a kitty to sit on my lap and purr when I stroke her."

"Yeah?" George said from the bed.

"And I want to eat at a table with my own silver and I want candles. And I want it to be spring and I want to brush my hair out in front of a mirror and I want a kitty and I want some new clothes."

"Oh, shut up and get something to read," George said. He was reading again.

조지는 시선을 들어 그녀의 목뒤를 보았다. 사내애처럼 머리칼이 바짝 잘려 있는.

"나는 그 방식이 마음에 드는데."

작품 해설
173

"나는 너무 지겨워," 그녀가 말했다. "사내애처럼 보이는 것도 더 못 견디겠고."

조지는 침대에서 자세를 바꿨다. 그는 그녀가 말을 시작한 이후로 그녀로부터 눈을 뗀 적이 없었다.

"당신 정말 아주 멋져 보여." 그가 말했다.

그녀는 화장대 위에 거울을 내려놓고 창으로 가서는 밖을 내다보았다. 어둠이 내리고 있었다.

"머리를 뒤로 팽팽하면서 자연스럽게 당겨서 내가 느낄 수 있게 뒤로 풍성하게 묶었으면 좋겠어." 그녀가 말했다. "내가 쓰다듬을 때 무릎 위에 앉아 가르랑거리는 새끼 고양이가 있었으면 좋겠어."

"그래?" 조지가 침대에서 말했다.

"그리고 식탁에서 나만의 은식기로 밥을 먹었으면 좋겠고 촛불이 있었으면 좋겠어. 그리고 봄이 되었으면 좋겠고 거울 앞에서 머리를 빗었으면 좋겠고, 고양이가 갖고 싶고 새 옷이 있었으면 좋겠어."

"아, 입 좀 다물고 뭐라도 좀 읽지 그래." 조지가 말했다. 그는 다시 책을 읽고 있었다. (이정서)

작가는 작품 속에 단어 하나도 허투루 쓰는 법이 없습니다.

Ernest Hemingway

174

어떤 것은 특별한 의미가 없는 것 같아도 그와 비슷한 단어를 고르고 골라서, 거기에 가장 적합하다고 여겨지는 것을 쓰는 것입니다.

앞서 살핀 대로 이 작품의 중심 소재는 고양이입니다. 그런데 작가는 이것을 cat이라 했다가 kitty라 표기하기도 합니다. 작가가 왜 그것을 반복해서, 가끔은 번갈아서 쓰고 있는지 그 이유를 정확히 이해해야 합니다.

한 문장만 예로 들어 보겠습니다.

"I want to pull my hair back tight and smooth and make a big knot at the back that I can feel," she said. "I want to have a kitty to sit on my lap and purr when I stroke her."

이것을 기존 역자는 이렇게 의역하고 있습니다.

"머리를 뒤로 바짝 빗어 손으로 만질 수 있을 만큼 큼직하게 묶고 싶어요." 그녀가 말했다. "또 무릎에 새끼 고양이를 앉혀 놓고 쓰다듬어주면서 기분 좋을 때 내는 가르랑 소리를 듣고 싶어요." (기존 번역)

여기서는 늦게나마 '새끼 고양이'라 했군요.

그렇지만 기존 번역은 역시 헤밍웨이가 왜 kitty를 강조하고, 여자가 되풀이해서 같은 말을 반복하고 있는지 정확하게 이해하지 못 하고 있습니다.

"I want to have a kitty to sit on my lap and purr when I stroke her."

"또 무릎에 새끼 고양이를 앉혀 놓고 쓰다듬어주면서 기분 좋을 때 내는 가르랑 소리를 듣고 싶어요."

위처럼 의역하고 있기 때문입니다.

여기서 중요한 것은 '새끼 고양이를 갖고 싶다'는 여자의 바람이지, '가르랑 소리가 듣고 싶다'는 게 아니기 때문입니다. 의미가 비슷하니 같은 걸까요? 전혀 그렇지 않습니다.

다른 곳에서라면 문제 되지 않을 수도 있지만, 여기서는 아닙니다. 바로 저 말이 키포인트이기 때문이지요.

"내가 쓰다듬을 때 무릎 위에 앉아 가르랑거리는 새끼 고

양이가 있었으면 좋겠어." (이정서)

그리하여 이제 마지막 문단입니다.

Someone knocked at the door.

"Avanti," George said. He looked up from his book.

In the doorway stood the maid. She held a big tortoise-shell cat pressed tight against her and swung down against her body.

"Excuse me," she said, "the padrone asked me to bring this for the Signora."

기존 번역은 이렇게 마무리 짓고 있습니다.

그때 누군가가 문에 노크를 했다.

"아반티!*" 조지가 말했다. 그는 읽고 있던 책에서 얼굴을 들었다.

문밖에는 하녀가 서 있었다. 그녀는 큼직한 삼색 얼룩 고양이 한 마리를 꼭 안고서 몸에 대고 흔들었다.

"실례합니다. 주인님께서 부인께 이걸 갖다 드리라고 하시

던데요." 그녀가 말했다. (* "들어와요!" – 각주임. 기존 번역)

원문과 대조해보면 특별히 의역된 곳이 없습니다. 원래 있지
않은 '그때'를 넣었다는 것 말고는 다른 곳에 비해 오히려 더 직
역에 가깝습니다. 각주까지 넣으면서 원문 그대로 살렸습니다.

그런데 이런 번역으로 이 작품을 읽어온 독자라면 여기서 어
떤 느낌을 가질 수 있을까요? 과연 작가가 심어 놓은 '고양이'가
가져다주는 반전의 느낌을 가질 수 있을까요?

저는 그렇지 못할 거라 생각합니다. 오히려, 이게 무슨 소리
지? 이게 무슨 대가의 대표 단편이라는 걸까? 의아해 할 것 같
습니다.

정확히 직역하면 이런 뉘앙스이기 때문입니다.

누군가가 문을 노크했다.

"Avanti(들어오세요)!" 조지가 말했다. 그는 책에서 시선을
들어올렸다.

문간에 메이드가 서 있었다. 그녀는 커다란 구갑고양이 한
마리를 꼭 껴안은 채 몸에 대고 흔들고 있었다.

"실례합니다." 그녀가 말했다. "주인님이 이걸 부인

(Signora)께 가져다 드리라고 해서요."(이정서)

이제, 번역에 대한 우리의 인식이 달라질 시간

우리는 흔히 헤밍웨이의 문체를 하드보일드하다고 합니다. 뿐만 아니라 그의 단편 소설들이 이른바, '빙산이론'에 입각해 쓰였다고 설명하곤 합니다.

보다시피 이 작품은 그 두 가지를 다만 이론으로서가 아니라, 실제로 잘 보여주고 있습니다.

문체는 군더더기가 없고, 지문을 통한 내용 설명은 철저히 배제되었습니다.

독자로 하여금 1/8 의 문장으로 7/8의 숨은 의미를 찾아 읽게 하는 즐거움을 고스란히 담고 있습니다. 그런 점에서 아무런 설명 없이 대화 속에 사용한 이탈리아어는 결국 마지막 반전을 위한 준비였던 셈이지요.

그럼에도 누구도 위와 같은 느낌이 번역으로 인해 생길 수 있는 차이라는 것을 의식하지 못합니다. 그런 지적이 전혀 없었기 때문이지요. 번역은 다 거기서 거기려니 여기는 보통 독자로서는, 다만 이것이 개인의 이해력이나, 미국, 이탈리아와 우리의 문화 차이에서 오는 간극이려니 여깁니다. 그러고 나서, 자기가 보기엔 헤밍웨이 단편이라는 게 정말 별거 아니더라, 는 기억을 평생 지니게 되겠지요.

아마 이 작품에서 가장 중요한 요소는 '고양이'라는 단어로 인해 생긴 오해일 텐데요. 원서로 읽는다 해도 모국어가 아니면 이 미묘한 뉘앙스를 느끼기는 쉬운 일이 아닙니다. 아니, 모국어라 해도 작품에 숨어 있는 7/8 전부를 느끼기는 쉽지 않을 것 같습니다. 그래서 문학평론가들이 필요할 테고요.

이렇듯 번역은 타언어의 의미를 모국어로 재창조한다는 의미에서 제2의 창작일 수밖에 없지만, 사실은 한 단어, 한 문장 속에 담은 작가의 원래 의도를 찾아가는 지난한 과정입니다. 따라서 그 과정 중에 작가가 쓴 서술 구조 그대로 옮겨가는 과정, 즉 직역은 번역자의 선택의 문제가 아니라 필수적인 행위라고 여겨집니다.

그런데 사실 외국의 유명 번역이론을 보면 정반대의 소리를 합니다. '제2의 창작'이라는 의미도 다른 의미로 사용됩니다. 그것은 각각의 언어(특히 존대어가 없고 정교하지 못한 영어)가 지닌

한계 때문입니다. 결코 전 세계 언어에 똑같이 적용되는 번역이론이 될 수는 없습니다.

지금처럼 전자 사전도 없던 시절, 그 두터운 영어 사전에 의존해 번역해야 했던 번역가들에게 사실, 서술 구조 그대로의 번역은 불가능했을지도 모릅니다. 그런 만큼 결코 그분들의 노고를 폄훼하려는 것이 절대 아닙니다.

다만 이제 시대가 달라졌으니 번역에 대한 우리의 인식도 달라져야 한다는 생각에 좀 강한 톤의 목소리를 내게 되었습니다.

작가 소개

어니스트 헤밍웨이

Ernest Hemingway, 1899. 7. 21. ~ 1961. 7. 2.

어니스트 헤밍웨이는 1899년 일리노이 주 오크파크에서 태어났다. 1917년 <캔자스 시티 스타The Kansas City Star> 신문기자로 일하며 작가로서의 삶을 시작했다. 제1차 세계대전 동안 그는 이탈리아 전선에 응급차 운전병으로 자원입대했지만, 복무 중에 심각한 부상을 입고 송환되었다.

1921년 헤밍웨이는 파리에 정착, 거기에서 거트루드 스타인, F. 스콧 피츠제럴드, 에즈라 파운드, 그리고 포드 매독스 포드와 함께 국외거주자 모임의 일원이 되었다. 그의 첫 번째 책, 『세 이야기와 열 편의 시』(1923년)는 파리에서 출판되었고, 그 뒤 단편소설집 『우리들 시대에In Our Time』(1925년)를 미국에서 출판하면서 작가로서의 신고식을 마쳤다.

이어서 『태양은 떠오른다The Sun Also Rises』(1926년)를 발표하며, 헤밍웨이는 '잃어버린 세대'의 하나의 '목소리'로서 뿐만 아니라 당대 탁월한 작가 중 한 명으로 부상했다.

미국으로 돌아온 헤밍웨이는 『여자가 없는 남자Men Without Women』(1927년), 그리고 이탈리아 전선에 대한 소설 『무기여 잘 있거라A Farewell to Arms』(1929년)를 연이어 발표했다.

1930년대에 키웨스트Key West에 머물면서 스페인, 이탈리아, 그리고 아프리카 등지를 광범위하게 여행했던 그는, 자신의 경험을 녹여 쓴 투우에 대한 기록 『오후의 죽음Death in the Afternoon』(1932년)과 아프리카의 거대한 사냥감에 관한 이야기인 『아프리카의 녹색 언덕Green Hills of Africa』(1935년)을 발표했다.

헤밍웨이의 가장 인기 있는 작품인 『노인과 바다The Old Man and the Sea』(1952년)는 퓰리처상을 받았고(1953년), 이듬해에는 '강렬한, 스타일의 서술 기법에 정통하다'는 선정 이유와 함께 노벨문학상을 수상했다(1954년).

20세기 미국 문학을 발전시킨 가장 중요한 인플루언서 중 한 사람이었던 그는 1961년 아이다호 주 케첨Ketchum에서, 자살로 생을 마감했다.